Björnstjerne Björnson

Der Brautreigen

Björnstjerne Björnson

Der Brautreigen

Verlag Werner Dausien

Illustrationen von Jutta Mirtschin

DER BRAUTREIGEN
von Björnstjerne Björnson
übersetzt von H. Georg Kemlein

Illustrationen, Schutzumschlag und Einband von Jutta Mirtschin
Printed in the G.D.R.
ISBN 3-7684-4784-7
VERLAG WERNER DAUSIEN · HANAU

Im vorigen Jahrhundert lebte in einem der großen Gebirgstäler Norwegens ein Spielmann, der später geradezu eine sagenhafte Gestalt wurde. Eine Menge Lieder und Reigen werden ihm zugeschrieben. Der Sage nach soll er einige davon den unterirdischen Geistern abgelauscht haben, ein Lied sogar dem Teufel, ein Stück hat er erfunden, um sein Leben zu retten, und so erzählt man sich noch manches. Aber einer seiner Reigen wurde berühmter als alle anderen; seine Geschichte endet nicht zusammen mit dem Leben des Spielmanns, sondern sie begann erst richtig danach.

Der Spielmann Ole Haugen, ein armer Kätner hoch in den Bergen, besaß eine Tochter, Aslaug, die seinen gescheiten Kopf und ebenso seine musikalische Begabung geerbt hatte. Wenn sie selbst auch nichts spielte, so spürte man es doch in ihrem ganzen Wesen, denn sie war ungezwungen und lustig in der Unterhaltung, im Gesang, im Gang, im Tanz. Da kam von weiten Reisen ein junger Mann zurück, der dritte Sohn auf dem alten Familiensitz Tingvold. Seine beiden älteren Brüder waren bei einer Hochwasserkatastrophe ertrunken, und er sollte nun den Hof übernehmen. Auf einer großen Hochzeit begegnete er Aslaug und verliebte sich in sie. Zu jener Zeit aber war es etwas Unerhörtes, daß ein Bauernsohn aus so angesehener und alter Familie um ein Mädchen von Aslaugs Vermögen und Stand anhielt. Aber dieser junge Mann war lange fort gewesen, und er erklärte seinen Eltern, da draußen besäße er so viel, wie er zum Leben nötig habe — und bekäme er hier zu Hause nicht, was er wolle, könne er gut und gerne auf den Hof verzichten. Darauf wurde ihm von allen Seiten vorausgesagt, eine solche Gleichgültigkeit gegenüber der

Familie und dem Grund und Boden und dem Familienhof werde sich noch einmal rächen. Man sagte auch, Ole Haugen habe wohl seine Hand im Spiel und vielleicht mit Hilfe dessen, vor dem sich alle Menschen in acht nehmen müßten.

Ole Haugen nämlich sollte, während die Meinungsverschiedenheiten zwischen dem Jungen und seinen Eltern ausgetragen wurden, bei ganz besonders guter Laune gewesen sein. Als aber der Sieg errungen war, hätte er geäußert, er habe bereits einen Hochzeitsreigen für die beiden gemacht, der ewig zur Familie auf Tingvold gehören solle; Gott aber möge der Braut beistehen, hätte er weiterhin gesagt, die bei diesen Klängen nicht ebenso froh zur Kirche führe wie das Kätnermädchen von Haugen! — Darin wollten die Leute einen bösen Einfluß erblickt haben.

So heißt es in der Sage. Aber keine Sage, sondern Tatsache ist, daß sich in dieser Berggemeinde, wie in manchen anderen, noch heutigentags ein lebendiger Sinn für Musik und Lieder findet, und in jenen Tagen muß er wohl noch größer gewesen sein. Man kann ihn nicht bewahren, ohne daß jemand den ererbten Schatz hegt und pflegt, und Ole Haugen dürfte sich wohl dabei besonders ausgezeichnet haben.

Weiter berichtet die Sage, daß, ebenso wie Ole Haugens Hochzeitsreigen der beglückendste war, den man je gehört hatte, das Brautpaar,

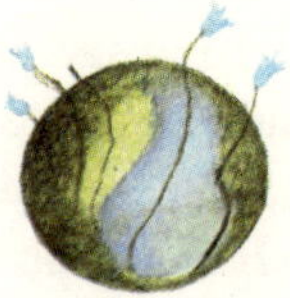

das zum erstenmal mit ihm heimfuhr und das von ihm zur Kirchentür begleitet wurde und das dort nach vollzogener Trauung von ihm empfangen wurde, das glücklichste Paar gewesen sei, das man je gesehen habe. Und obwohl die Familie auf Tingvold immer ein schönes Geschlecht gewesen war und es nach dieser Zeit in noch höherem Maße wurde, behauptete die Sage mit Bestimmtheit, diesem Paar müsse für alle Zeiten der Preis zuerkannt werden.

Wir kommen jetzt von den Sagen auf festeren Boden, denn mit Ole Haugen stirbt die

Sage. Nach ihm beginnt die Geschichte. Sie berichtet, daß der Reigen ein Erbstück wurde, verschieden von allen anderen, die selten in Gebrauch waren, denn dieser war in Gebrauch, das heißt, der Reigen wurde auf Tingvold geträllert, gegrölt, gepfiffen, geblasen, gespielt, vom Wohnhaus bis zum Stall, von den Äckern bis zu den Almwiesen, und nach diesem Reigen wurde das einzige Kind, das die jungen Leute auf Tingvold bekamen, auf den Armen seiner Mutter, seines Vaters, des Kindermädchens und des übrigen Gesindes gewiegt und geschaukelt. Und das erste, was das Kind bei seinen Versuchen im Gehen und Sprechen lernte, war der Reigen. Das Kind hieß Astrid. Alle in der Familie waren musikalisch, und nicht zuletzt das kleine, lebhafte Mädchen, das bald den Reigen meisterhaft trällern konnte — den Triumphmarsch seiner Eltern, die Verheißung des Geschlechts. Darum war es auch kein großes Wunder, daß das Mädchen, als es groß genug war, seinen Verlobten selbst wählen wollte. Vielleicht war es übertrieben, was man von Astrids vielen Freiern erzählte, aber wahr oder nicht, das reiche Mädchen mit dem feinen Wesen wurde über dreiundzwanzig Jahre alt und war noch nicht verlobt. Da stellte sich heraus, was der Grund hierfür war! Die Mutter hatte vor vielen Jahren einen aufgeweckten Zigeunerjungen von der Landstraße aufgenommen. Ein Zigeunerjunge war er wohl nicht, aber er wurde so genannt — nicht zuletzt von der Mutter, als sie erfuhr, daß Astrid und er sich oben auf der Alm in aller Heimlichkeit verlobt hatten und einander seitdem den Brautreigen zuträllerten, sie vom Dach des Vorratshauses aus und er oben vom Hang. Der Junge mußte Hals über Kopf verschwinden, denn jetzt zeigte sich, daß niemand strenger auf »Familie« hielt als das ehemalige Kätnermädchen. Und der Vater mußte daran denken, was ihm prophezeit wurde, damals, als er selbst die Familientradition durchbrach. Jetzt verschwägerte sich das Geschlecht bereits mit der Landstraße, wie sollte das enden? In der Gemeinde urteilte man nicht milder. Der Zigeunerjunge — übrigens hieß er Knut — hatte sich auf den Handel verlegt, besonders den Viehhandel, und war überall bekannt. Er war der erste in der Gemeinde, ja in weitem Umkreis, der ihn im großen be-

trieb. Er eröffnete diesen Weg und vermittelte dadurch den Bewohnern der Gegend bessere Preise und manchem ein Vermögen. Aber dort, wo er sich zeigte, kamen oft Trinkgelage und Schlägereien vor, und das war das einzige, worüber man redete, denn seine Fähigkeiten als Geschäftsmann begriff man noch nicht. Als Astrid dreiundzwanzig Jahre alt wurde, stand es so, daß der Hof entweder aus der direkten Geschlechterfolge ausscheiden oder Knut in sie aufgenommen werden mußte, denn die Eltern hatten durch ihre eigene Heirat die moralische Macht verloren, die hier vielleicht den Ausschlag gegeben hätte. So bekam Astrid ihren Willen. Der lustige, hübsche Knut fuhr eines Tages mit riesigem Gefolge mit ihr zur Kirche. Der Familienbrautreigen, das Meisterstück ihres Großvaters, schallte hin über den Zug, und die beiden saßen da, als trällerten sie ihn leise mit; sie sahen nämlich sehr vergnügt aus. Die Leute wunderten sich darüber, daß auch die Eltern vergnügt aussahen. Sie hatten doch so lange und heftig Widerstand geleistet!

Nach der Hochzeit übernahm Knut den Hof, und die Eltern wurden aufs Altenteil gesetzt.

Das war aber so groß, daß niemand sich einen Reim darauf machen konnte, wie Knut und Astrid sich das leisten konnten, denn der Hof war zwar der größte in der Gemeinde, aber keineswegs gut bewirtschaftet. Doch damit nicht genug: Dreimal soviel Leute wurden angenommen und alles auf neumodische Art eingerichtet, mit einem für jene Gegend unerhörten Kostenaufwand. Man sagte Knut den sicheren Ruin voraus. Aber der »Zigeunerjunge«, wie er immer noch hieß, blieb bei guter Laune und hatte Astrid längst damit angesteckt. Aus dem früher so feinen und stillen Mädchen war jetzt eine tüchtige, rundliche Hausfrau geworden. Ihre Eltern sahen vertrauensvoll in die Zukunft. Endlich begriffen die Leute, daß Knut das nach Tingvold gebracht hatte, was vor ihm niemand besaß: Betriebskapital! Außerdem hatte er bei seinem Wanderleben reiche Erfahrungen gesammelt und dazu eine Gabe, mit Waren und Geld umzugehen und Tagelöhner und Gesinde bei guter und froher Laune zu halten, so daß Tingvold binnen zwölf Jahren nicht wiederzuerkennen war. Dort standen jetzt neue Gebäude, es gab dreimal soviel Vieh, und das war dreimal so gut gepflegt. Knut selber saß abends im langen Tuchrock mit Meerschaumpfeife und Grogglas zusammen mit dem Kapitän, dem Pastor und dem Lehnsmann. Astrid bewunderte ihn als den Klügsten und Besten auf der Welt, und sie erzählte selbst, daß er in seiner Jugend oftmals in Schlägereien geraten sei und getrunken habe, nur um ins Gerede zu kommen und sie abzuschrecken, denn »er sei ja so durchtrieben«. Sie war ihm in allem zu Willen, nur nicht darin, die Kleidung und die Gewohnheiten zu ändern. Sie wollte bei der alten Bauernart und Bauerntracht bleiben. Knut ließ in diesem Punkt jeden tun, was ihm gefiel, und so gab es deshalb keine Uneinigkeit. Er lebte nach seiner Fasson, und sie unterstützte ihn. Übrigens lebten sie recht einfach. Er war zu klug, um etwas von sich herzumachen oder sich in Unkosten zu stürzen. Mancher behauptete, er verdiene beim Kartenspiel und durch das Ansehen und die Verbindungen, die er damit erwarb, mehr, als er ausgäbe. Aber das war wohl nur Gerede.

Die beiden hatten viele Kinder, deren Geschichte uns nichts angeht. Der älteste Sohn, Endrid, der den Hof erbte, sollte auch dessen

Ehre fortpflanzen. Er war hübsch, wie alle aus der Familie, aber sein Kopf faßte nicht mehr, als zum Tagesgebrauch nötig war, wie das bei Kindern besonders rühriger Eltern oft der Fall ist. Der Vater erkannte das rechtzeitig und wollte den Mangel durch eine besonders gute Erziehung ausgleichen. Die Kinder erhielten aus diesem Grunde Hauslehrer, und als der Junge größer war, besuchte er eine der Landwirtschaftsschulen, die gerade damals anfingen, besser in Schwung zu kommen. Später ging er in die Stadt. Er kehrte als ein stiller, etwas überarbeiteter Junge heim, mit weniger städtischen Allüren, als man hätte vermuten können und als der Vater wünschte. Endrid war nämlich überhaupt nicht gelehrig.

Auf diesen Jungen hatten sowohl der Kapitän als auch der Pastor, die beide mit vielen Töchtern gesegnet waren, ein Auge geworfen — und wenn dies der Grund für die wachsende Aufmerksamkeit war, die sie Knut gegenüber an den Tag legten, so verrechneten sie sich ganz gehörig. Knut hielt nämlich eine Heirat mit einer armen Kapitäns- oder Propsttochter, die nicht die nötigen Kenntnisse hatte, einem großen Hof vorzustehen, für so unmöglich, daß er es nicht einmal der Mühe wert hielt, seinen Sohn zu warnen. Das hatte er auch gar nicht nötig, denn der Junge begriff ebensogut wie er, daß die Familie nicht nur den Wohlstand, sondern auch ihr Ansehen erhöhen müßte, daß sie sich jetzt verbinden mußte mit einer Familie, die an Alter und Ansehen ebenbürtig war. Das Unglück aber wollte, daß der Junge sich ein wenig linkisch benahm, wenn er so etwas vorhatte, so daß die Leute argwöhnisch wurden.

Das hätte noch angehen können. Aber er kam ins Gerede, man sagte, er sei auf der Suche nach einer guten Partie, und wo man so redet, wird der Bauer scheu. Endrid selbst merkte dies bald, denn war er auch nicht besonders scharfsinnig, so hatte er dafür ein sehr feines Empfinden. Er erkannte, daß er seine Stellung keineswegs verbesserte, wenn er in städtischer Kleidung und als Bücherwurm ankäme. Und da in dem Jungen ein solider Kern war, ließ er wegen der abfälligen Äußerungen sowohl die städtische Kleidung als auch die städtische Sprache nach und nach fallen und arbeitete auf dem riesigen Hof seines Vaters als Knecht. Sein Vater begriff dies alles — ja, schon ehe der Junge es selbst erkannte —, und er bat die Mutter, sich nichts anmerken zu lassen. Darum redeten sie mit ihrem Sohn auch nicht vom Heiraten. Niemand nahm von der Veränderung, die mit ihm vorging, anders Notiz, als daß der Vater ihn mit immer größerer Zuneigung in seine Pläne bezüglich des Hofes und der übrigen Wirtschaft einweihte und ihm allmählich die Herrschaft auf dem Hof vollständig überließ. Er brauchte es nicht zu bereuen.

So lebte der Junge, bis er einunddreißig Jahre alt war, vermehrte seines Vaters Vermögen und seine eigene Erfahrung und Sicherheit. In all dieser Zeit hatte er nichts unternommen, nein, nicht den mindesten Versuch, um irgendein Mädchen anzuhalten, weder in der Gemeinde noch anderswo, und die Eltern begannen ernsthaft zu fürchten, daß er sich das Heiraten ganz und gar aus dem Sinn geschlagen habe. Das hatte er aber nicht.

Auf dem Nachbarhof lebte eine der angesehensten Familien der Gemeinde in guten Verhältnissen. Sie hatte bereits mehrmals in das alte Geschlecht auf Tingvold eingeheiratet. Dort wuchs ein Mädchen auf, dem Endrid sein Herz geschenkt hatte, seit es ein kleines Kind war. Offenbar hatte er es in aller Stille auserkoren, denn schon ein halbes Jahr nach der Konfirmation hielt er um das Mädchen an, das damals siebzehn Jahre alt war. Er war einunddreißig. Randi, so hieß sie, war sich nicht gleich darüber im klaren, was sie ihm antworten sollte. Sie wandte sich an ihre Eltern, die aber überließen die Entscheidung vollständig ihr selber. Sie meinten, er sei ein ordentlicher Mann, und was sein Vermögen anginge, könne sie keine bessere Partie machen. Der Altersunterschied sei zwar groß, ob sie aber, so jung wie sie war, den Mut hätte, den großen Hof mit den mannigfachen, für sie ganz ungewohnten Verhältnissen zu übernehmen, müßte sie mit sich selbst abmachen. Sie bemerkte wohl, daß es ihren Eltern lieber wäre, sie ja als nein sagen zu hören. Aber sie hatte wirklich Angst. Da ging sie zu seiner Mutter, die sie stets gern gehabt hatte. Sie dachte, die Mutter wüßte davon. Randi merkte aber zu ihrem Erstaunen, daß sie keine Ahnung hatte. Endrids Mutter freute sich so, daß sie alles daransetzte, sie zu einem Ja zu bewegen. »Ich werde dir schon helfen«, sagte sie. »Vater will keine Altersrente haben. Er hat genug für sich, und er will nicht, daß die Kinder ihn ins Grab wünschen. Hier wird sofort alles geteilt, und das bißchen, was wir noch zum Leben brauchen, könnt ihr teilen, wenn wir tot sind. Daraus kannst du sehen, daß ihr euch um uns nicht zu kümmern braucht.« Ja, Randi wußte wohl, daß Knut und Astrid gute Menschen waren. »Und der Junge«, fuhr Astrid fort, »ist gut und vernünftig.« Gewiß, das hatte Randi selbst erlebt, sie hatte keine Angst, daß sie sich mit ihm jemals nicht vertragen könne — wenn sie nur tüchtig genug wäre!

Ein paar Tage später war alles abgemacht, und wenn Endrid sich freute, so taten es seine Eltern ebenfalls, denn es handelte sich um eine angesehene Familie, und das Mädchen war so hübsch und verständig, daß es in der Gemeinde in dieser Hinsicht vielleicht keine bessere Partie gab. Die Hochzeit, die auf beiden Seiten von den Alten erörtert wurde, sollte bereits kurz vor dem Herbst gefeiert werden: Es bestand kein Grund zum Warten.

Die Gemeinde nahm diese Nachricht jedoch nicht so auf wie die Beteiligten selbst. Man fand, das junge, hübsche Mädchen hätte sich »verkauft«. Es sei noch so jung, daß es wohl kaum wüßte, was eine Ehe bedeute, und der schlaue Knut hätte seinen Sohn bearbeitet, ehe das Mädchen noch reif war zum Heiraten. Hiervon kam dem jungen Mädchen einiges zu Ohren, aber Endrid war so liebevoll, und er war es auf eine so stille, beinahe demütige Art, daß sie nicht mit ihm brechen wollte. Aber doch war sie ein wenig kühl geworden. Die Eltern der beiden hatten wohl auch dies und jenes gehört, taten aber, als sei alles in bester Ordnung.

Die Hochzeit sollte in großem Stil gefeiert werden, vielleicht gerade, um dem Gerede die Stirn zu bieten; und aus diesem Grunde war es Randi nicht unangenehm. Knuts Bekanntenkreis, der Pastor, der Kapitän, der Lehnsmann mit ihren großen Familien waren auch eingeladen, und einige von ihnen sollten mit zur Kirche gehen. Darum wünschte Knut keine Spielleute — das war zu altmodisch und bäurisch. Aber Astrid verlangte, daß der Familienreigen sie alle zur Kirche und von dort nach Haus zurückbegleiten solle. Sie selbst waren mit ihm so glücklich gewesen, daß sie eine Wiederholung am Hochzeitstag ihrer lieben Kinder erleben wollte. Knut befaßte sich nicht besonders mit Poesie und derartigen Dingen. Er überließ die Entscheidung seiner Frau. So erhielten also die Eltern der Braut einen Wink, daß die Spielleute bestellt werden könnten, und der alte Marsch, der nun eine Weile Ruhe gehabt, weil diese Generation ohne Gesang gearbeitet hatte, der Familienbrautreigen wurde verlangt.

Leider herrschte am Hochzeitstag ein entsetzlicher Herbstregen. Die Spielleute mußten ihre Fiedeln einpacken, nachdem sie bei der Abfahrt gespielt hatten, und sie nahmen sie nicht wieder vor, ehe sie so weit gekommen waren, daß sie die Kirchenglocken hörten. Ein Junge mußte hinter ihnen auf dem Wagen stehen und einen Regenschirm über sie halten, unter dem sie dicht aneinandergedrängt saßen und vor sich hin fiedelten. Der Reigen klang in diesem Wetter nicht so, wie er sonst wohl geklungen hätte, und die Hochzeitsgesellschaft, die hinterherkam, sah auch nicht besonders hochgestimmt aus. Der Bräutigam saß da mit dem Hochzeits-

hut zwischen den Knien und einem Südwester auf dem Kopf. Er hatte eine Felljacke übergezogen und hielt einen Regenschirm über die Braut, die ein Tuch über das andere gebunden hatte, um die Krone und den übrigen Staat zu schützen. Wie sie so dasaß, glich sie mehr einem nassen Heuhaufen als einem Menschen. So kam die Gesellschaft daher, Wagen um Wagen, die Männer triefend, die Frauen vermummt und eingepackt. Es sah aus wie ein Zug von Trollen, und man erblickte kein bekanntes Gesicht, denn man konnte überhaupt kein Gesicht erkennen, sondern nur einen Haufen verkrümmter, zusammengedrängter Woll- und

Fellknäule. Die ziemlich zahlreiche Gemeinde, die sich in Erwartung des großen Brautzuges eingefunden hatte, mußte lachen, anfangs widerstrebend, aber später bei jedem Wagen lauter und lauter. Neben dem großen Haus, in dem die Gesellschaft absteigen sollte, um sich für den Kirchgang wieder hübsch zu machen, stand ein Hausierer, ein lächerlicher Kerl namens Aslak, auf einem Heuwagen, der in die Ecke neben dem Beischlag geschoben worden war. Er brüllte, gerade als die Braut heruntergehoben wurde: »Nee, Dod und Deubel noch mal, ob Ole Haugen sein Hochzeitsreigen heute wohl klingt? Na, egal!«

Mehr sagte er nicht, aber das genügte auch. Die Menge lachte — wenn auch die meisten nur heimlich, doch es wurde deshalb um so fühlbarer, was alle dachten und zu verbergen suchten.

Als man die Braut aus ihren Tüchern wikkelte, zeigte sich, daß sie kreidebleich war. Sie weinte, versuchte zu lachen und weinte wieder — und dann überkam sie plötzlich der Wunsch, nicht zur Kirche zu gehen! Sie regte sich allmählich so auf, daß man sie in einem Nebenzimmer zu Bett bringen mußte. Sie wurde vom Weinen derart geschüttelt, daß man sich ängstigte. Ihre würdigen Eltern standen bei ihr, und als sie flehte, man möge ihr doch den Kirchgang ersparen, sagten sie, Randi könne ganz nach ihrem eigenen Wunsch handeln. Da erblickte sie Endrid. Etwas so Unglückliches, ja Hilfloses war ihr noch nie begegnet; und neben ihm stand seine Mutter. Die sagte nichts, und ihr Gesicht war unbeweglich. Aber Träne um Träne rollte darüber, ihre Augen hingen an denen Randis. Da stützte sich das Mädchen auf die Ellbogen und starrte eine Weile vor sich hin, während sie noch ein paarmal aufschluchzte. »Ach was«, sagte sie, »ich gehe zur Kirche.« Wieder warf sie sich hin und weinte eine Weile, dann aber stand sie auf. Sie äußerte nur: daß sie keine Musik mehr haben wolle, und man fügte sich ihrem Willen. Aber die entlassenen Spielleute machten die Geschichte nicht besser, als sie unter die Leute hinauskamen.

Es war ein trauriger Hochzeitszug, der jetzt zur Kirche ging. Der Regen erlaubte zwar, daß Braut und Bräutigam ihre Gesichter vor der Neugierde der Menge verbergen konnten, bis sie in die Kirche traten. Aber sie hatten das Gefühl, als müßten sie Spießruten laufen, und wußten, daß es ihrem eigenen, großen Gefolge sehr unangenehm war, zur Teilnahme an einem solchen Zug des Spotts verleitet worden zu sein.

Der berühmte Spielmann Ole Haugen hatte sein Grab dicht neben der Kirchentür. Man hatte es in aller Stille eingefriedet, ein Mitglied der Familie hatte ein neues Grabmal gesetzt, weil das alte unten verfault war. Das Mal hatte oben die Form eines Rades. So hatte es Ole selbst angeordnet. Das Grab lag an einer sonnigen Stelle, eine Unmenge wilder Blumen wuchs hier durcheinander. Jeder Kirchgänger, der einmal an diesem Grab gestanden hatte, wußte von diesem oder jenem Bekannten, daß ein Mann, der auf Staatskosten Wurzeln und Blumen im Tal und auf den umliegenden Bergen sammelte, an diesem Grab Pflanzen gefunden hatte, die sich sonst in meilenweitem Umkreis nicht fanden. Daraus ergab sich, daß die Bauern, die sich um das, was sie »Unkraut« nannten, gewöhnlich besonders kümmerten, diesen Pflanzen gegenüber eine neugierige Freude empfanden, vielleicht auch eine neugie-

rige Scheu. Einige der Blumen waren ungewöhnlich zart und schön. Als nun das Brautpaar hier vorüberging, spürte Endrid, der Randis Hand hielt, daß ein Schauer sie durchfuhr. Gleich darauf begann das Mädchen wieder zu weinen, betrat also weinend die Kirche und wurde weinend zu ihrem Stuhl geführt. So war seit Menschengedenken keine Braut in diese Kirche gekommen.

Als sie dasaß, fühlte sie, daß sie jetzt das Gerede bestätigte, man habe sie verkauft. Die entsetzliche Schande für ihre Eltern, die hierin lag, bewirkte, daß sie eine Weile nüchtern wurde und das Weinen unterdrücken konnte. Aber vor dem Altar brachte diese und jene Äußerung des Pastors sie abermals aus der Fassung, und alsbald stürmte alles das, was sie heute durchlebt hatte, wieder auf sie ein. Zeitweilig war ihr zumute, als könne sie den Leuten niemals mehr in die Augen blicken, am allerwenigsten ihren Eltern.

Der Rest des Tages verlief in gleicher Weise, deshalb soll hier nur berichtet werden, daß Randi an der Mittagstafel nicht teilnehmen konnte, und nachdem man sie im guten und bösen dazu überredet hatte, beim Abendbrot zu erscheinen, verdarb sie alles und mußte zu Bett gebracht werden. Die Hochzeit, die mehrere Tage dauern sollte, wurde schon am gleichen Abend abgebrochen. »Die Braut ist krank geworden«, hieß es. Obwohl niemand, der dies sagte oder sagen hörte, daran glaubte, war es doch nur zu wahr. Sie war nicht mehr gesund, und sie wurde auch nicht mehr gesund. Dies hatte zur Folge, daß ihr erstes Kind kränklich war. Die fürsorgliche Liebe der Eltern wurde

durch die Erkenntnis nicht geringer, daß sie in gewissem Sinne die Leiden ihres Kindes selber verschuldet hatten. Sie gingen nirgendshin ohne dieses Kind. Die Kirche besuchten sie nicht. Sie waren menschenscheu geworden. Zwei Jahre ließ Gott ihnen die Freude an dem Kind, dann aber wurde ihnen auch die genommen.

Der erste Gedanke, den sie nach diesem Schlag fanden, war, daß sie das Kind zu sehr geliebt hätten. Darum hatten sie es verloren. Und als sie ein zweites bekamen, schien es, als ob keiner von ihnen wagte, sich seiner Liebe hinzugeben. Aber das Kind, das anfangs auch kränklich schien, erholte sich und war erheblich lebhafter als das erste, so daß sie einfach nicht widerstehen konnten. Eine neue, reine Freude lebte in ihnen auf. Sie konnten vergessen, was geschehen war, wenn sie bei dem Kind saßen. Als das Kind zwei Jahre alt war, nahm Gott es auch zu sich.

Manche Menschen werden von Kummer verfolgt und gerade die, von denen wir meinen, daß sie es am allerwenigsten verdient haben. Aber sie sind es auch, die am festesten im Glauben und am geduldigsten im Entsagen sind. Diese beiden hatten schon früh gemeinsam Gott gesucht. Danach hatten sie ihre einzige Hoffnung auf ihn gesetzt. Das Leben auf Tingvold war lange still gewesen, jetzt wurde es wie in der Kirche, bevor der Geistliche erscheint. Die Arbeit nahm unverrückbar ihren Lauf, aber zwischen den einzelnen Arbeitsgängen hielten die beiden eine kleine Erbauungsstunde, in der sie der Dahingeschiedenen gedachten. Darin änderte sich auch nichts, als Randi kurz nach dem letzten Verlust eine Tochter gebar. Die beiden Verstorbenen waren Jungen gewesen, und schon aus diesem Grunde war ihnen ein Mädchen nicht lieb. Außerdem wußten sie nicht, ob sie es behalten dürften. Aber die Gesundheit und Freude, die Randi kurz vor dem Verlust des Kindes genossen hatte, waren dem Kind, das sie trug, zugute gekommen. Es zeigte sich bald, daß es ein ungewöhnlich lebhaftes Mädchen mit dem noch knospenhaft anmutigen Äußeren seiner Mutter war. Abermals fühlten sich die beiden einsamen Menschen versucht, all ihre Hoffnung und Freude auf das Kind zu setzen, aber das schicksalschwangere zweite Jahr war noch nicht gekommen, und als es anbrach, schien es ihnen, als hätten sie nur eine Frist erhalten. Sie wagten nichts.

Die beiden Alten hielten sich sehr im Hintergrund, denn dem Gemütszustand, in dem die Jungen litten, ließ sich weder mit Trost noch mit Freude beikommen. Außerdem war Knut allzu weltlich gesinnt, um so lange in einem Trauerhaus auszuhalten oder ewig Andachten beizuwohnen. Darum zog er auf einen anderen

Hof, der ihm gehörte und den er bisher verpachtet hatte. Jetzt übernahm er ihn selber und richtete alles so angenehm und schön für seine geliebte Astrid her, daß sie, obwohl sie lieber auf Tingvold gewesen wäre, blieb, wo er war, und lieber mit ihm lachte, als mit den Kindern zu weinen.

Eines Tages war Astrid drüben bei der Schwiegertochter. Sie sah die kleine Mildrid, und sie bemerkte, daß das Kind vollständig sich selbst überlassen war, die Mutter wagte kaum, es anzurühren. Sie bemerkte ferner, als der Vater hereinkam, bei ihm die gleiche trübsinnige Zurückhaltung seinem eigenen, einzigen Kinde gegenüber. Sie behielt für sich, was sie dachte. Als sie aber zu ihrem geliebten Knut heimkam, berichtete sie eingehend, wie schlecht es auf Tingvold aussähe. Dort wäre jetzt ihr Platz. Die kleine Mildrid müsse jemanden haben, der sich über sie freue, denn in diesem Kind wachse etwas besonders Zartes und Anmutiges auf. Knut wurde von ihrem Eifer angesteckt, die beiden Eltern packten und zogen heim.

So kam Mildrid also zu den Großeltern, und die Alten lehrten die Eltern, das Kind zu lieben.

Als Mildrid aber fünf Jahre alt war, bekamen sie noch eine Tochter, die sie Beret nannten, und so kam es, daß Mildrid sich meistens bei den Alten aufhielt.

Jetzt wagten die verschüchterten Eltern wieder, neuen Lebensmut zu schöpfen! Dazu trug die veränderte Stimmung ringsumher nicht wenig bei. Nach dem Verlust des zweiten Kindes sahen die Leute immer, daß sie geweint hatten, aber niemals, daß sie weinten. Ihre Trauer war völlig still.

Wegen des schönen, gottesfürchtigen Lebens auf Tingvold war das Gesinde dort geblieben, und man hörte von dieser Seite eitel Lob über die Herrschaft. Diese wurden davon beeinflußt, bekamen ein Gefühl der Sicherheit. Verwandte und Freunde fingen an, sie zu besuchen, und blieben dabei, wenn auch die Tingvold-Leute die Besuche nicht erwiderten.

Aber in der Kirche waren sie seit jenem Hochzeitstag nicht mehr gewesen! Das Abendmahl nahmen sie daheim, sie hielten selbst ihre Andachten. Als sie aber die zweite Tochter bekamen, wünschten sie, das Kind selbst zur Taufe zu bringen, und da wagten sie zum erstenmal wieder, in die Kirche zu gehen. Gemeinsam suchten sie die Gräber ihrer Kinder auf, gingen zusammen ohne ein Wort und ohne innere Bewegung an Ole Haugens Grab vorbei,

und die ganze Gemeinde bezeigte ihnen Ehrerbietung. Aber sie lebten weiterhin zurückgezogen, und eine fromme Stille lag über ihrem Hof.

Hier bei den Großeltern sang die kleine Mildrid eines Tages den Hochzeitsreigen. Heftig erschrocken hielt die alte Astrid in ihrer Arbeit inne und fragte, wo in aller Welt sie ihn gelernt habe. Das Kind antwortete, es habe ihn ja von ihr selbst gelernt. Der alte Knut, der dabeisaß, mußte lachen, denn er wußte ja, daß es Astrids Gewohnheit war, den Reigen zu summen, wenn sie bei einer Handarbeit saß. Jetzt aber wurde die kleine Mildrid von beiden gebeten, ihn niemals zu singen, wenn die Eltern es hören könnten. Kinder fragen ja gerne: »Warum?« Aber auf ihre Fragen erhielt Mildrid keine Antwort. Da hörte sie, wie der neue Hirtenjunge die Melodie sang, als er eines Abends Brennholz hackte. Das erzählte sie der Großmutter, die es auch gehört hatte. Die aber antwortete nur: »Ach, der bleibt nicht lange hier.« Und am nächsten Tag mußte er auch wirklich gehen. Man teilte ihm keinen Grund mit — er erhielt seinen Lohn und seine Entlassung. Jetzt wurde Mildrid so neugierig, daß die Großmutter versuchen mußte, ihr die Geschichte des Hochzeitsreigens zu erzählen. Die kleine Achtjährige begriff leicht, und was sie dieses Mal nicht erfaßt hatte, ging ihr später auf. Diese Geschichte hatte größeren Einfluß auf ihre Kindheit als irgend etwas anderes vorher oder danach, sie legte den Grund für das Verhältnis zu ihren Eltern. Sie hatte schon früh erkannt, daß bei ihren Eltern Ruhe herrschen mußte. Das Gebot war nicht schwer einzuhalten, denn sie waren so sanft, sprachen so unablässig, aber still zu ihr von dem großen Kinderfreund im Himmel, daß sie damit einen zauberhaften Schimmer über das ganze Haus breiteten. Doch bei der Geschichte des Hochzeitsreigens begriff sie gerührt, was ihre Eltern durchgemacht hatten. Die schmerzlichen Erinnerungen überging sie behutsam und legte eine zurückhaltende, aber innige Liebe an den Tag in den Dingen, die sie mit ihnen teilen durfte, und das waren ihre Gottesfurcht, ihre Wahrheitsliebe, ihr stilles Wesen, ihre Strebsamkeit. Nach und nach, als Beret größer wurde, lernte sie dasselbe.

Bei den Großeltern lernte sie unbeschwert leben, wie sie es zu Hause nicht konnte. Hier wurde gesungen und getanzt, hier wurde gespielt, und hier wurden Märchen erzählt. Und so teilten die heranwachsenden Schwestern die Zeit zwischen tiefer Hingabe an ihre schwermütigen Eltern in dem stillen Haus und dem fröhlichen Leben bei den Großeltern. Und sie teilten so behutsam, daß ihre Eltern sie baten, zu den Alten zu gehen, damit sie Vergnügen hätten, und die Alten sie baten, wieder heimzugehen und »hübsch artige Mädchen zu sein«.

Wenn ein Mädchen zwischen zwölf und sechzehn Jahren eine Schwester zwischen sieben und elf Jahren in sein volles Vertrauen zieht, wird es dafür durch große Anhänglichkeit belohnt. Aber die Kleine wird leicht ein wenig altklug dabei. Mildrid selber jedoch gewann viel dadurch, daß sie nachsichtig, tröstend, mitteilsam, empfänglich war, und sie bereitete Eltern und Großeltern damit eine stille Freude.

Weiter gibt es nichts zu berichten von der Zeit, bis Mildrid ihr fünfzehntes Jahr erreicht hatte, denn da starb der alte Knut rasch und leicht. Zwischen dem Augenblick, da er noch in der Stube saß und Spaß machte, bis zu dem, da er auf dem Totenbett lag, war so gut wie kein Übergang.

Das Schönste, was die Großmutter sich in der Folgezeit denken konnte, war, Mildrid zu ihren Füßen auf dem Kinderschemel zu haben, wie sie es seit Mildrids Kindheit gewohnt war, und entweder selbst von Knut zu erzählen oder Mildrid anzuregen, den Hochzeitsreigen vor sich hin zu trällern. Bei seinen Tönen sah Astrid den ausdrucksvollen dunklen Kopf des Jungen in ihrer Kindheit auftauchen. Mit ihm konnte sie Knut über den Hof und auf die Almen begleiten, wo er als Hirte den Reigen blies, bei ihm fuhr sie an seiner Seite zur Kirche — in ihm erhielt sein heiteres, kluges Wesen die klarste Ge-

walt! In Mildrids Seele jedoch begann der Reigen neue Saiten anzuschlagen. Während sie dasaß und Großmutter vorsang, fragte sie sich selber: Ob er wohl jemals für mich gespielt werden wird?

Von dem Augenblick an, da diese Frage auftauchte, wuchs sie. Der Reigen strahlte ein stilles Glück aus. In seinem Licht sah sie eine Brautkrone blitzen, er öffnete ihr eine lange, helle Zukunft. Sechzehn Jahre — und sie fragte sich selber: Werde ich — ja, werde ich jemals einen Jungen bei mir haben, aus dessen Augen der Reigen blitzt? Wie schön wäre es, wenn Vater und Mutter mich einmal auf einem solchen Hochzeitszug begleiten könnten, vorbei an einer grüßenden Gemeinde, zu dem Haus hin, wo Mutter ausgelacht wurde, vorüber an Ole Haugens blühendem Grab, hinauf zum Alltag in strahlendem Glück! Wie schön wäre es, wenn ich eines Tages Vater und Mutter eine solche Genugtuung geben könnte! Und ihr Kinderherz schwoll bei dieser poetischen Vorstellung, schwoll vor Stolz und Liebe zu ihren unglücklichen Eltern.

Dies waren die ersten Gedanken, die sie Beret nicht anvertraute. Nach und nach wurden es mehr. Beret, die jetzt ins zwölfte Jahr ging, merkte wohl, daß sie mehr für sich blieb, begriff aber nicht eher, daß sie allmählich ausgeschlossen wurde, bis eine andere in ihre Rechte vertrat. Das war die achtzehnjährige gerade verlobte Inga, ihre Kusine vom Nachbarhof. Wenn Beret sah, wie die beiden Arm in Arm, wie es junge Mädchen gern tun, flüsternd und lachend über die Felder gingen, konnte sie sich hinwerfen und vor Eifersucht weinen.

Mildrid ging zum Konfirmandenunterricht. Dort lernte sie Gleichaltrige kennen, und einige von ihnen kamen an den Sonntagen nach Tingvold. Sie hielten sich draußen auf den Feldern oder in Großmutters Haus auf. Tingvold war ja eine verschlossene, aber geheimnisvolle Stätte für die Jugend gewesen. Allerdings kamen auch jetzt nur solche, die eine gewisse Bescheidenheit besaßen; man konnte nicht leugnen, daß etwas Gedämpftes über Mildrid lag, so daß sich nur wenige angezogen fühlten.

Zu jener Zeit war die Jugend recht sangesfreudig. Unter den Vorsängern war erstaunlicherweise wieder einer aus der Haugen-Familie.

In einem Volk, in dem einmal, wenn auch vor vielen hundert Jahren, fast jeder Mann und jede Frau im Gesang den Ausdruck für das gesucht und gefunden haben, was sie am stärksten bewegte, und sie die Verse machen konnten,

die dies ausdrückten — da kann die Kunst niemals völlig aussterben. In der einen oder anderen Gegend bleibt sie dennoch immer am Leben und kann leicht geweckt werden, selbst wenn man länger nichts mehr von ihr gehört hat. Aber in dieser Gemeinde war seit undenklichen Zeiten viel gedichtet und gesungen worden. Nicht ohne Grund und ohne Folge wurde Ole Haugen gerade hier geboren. Sein Enkelsohn war es, in dem die Musik jetzt wieder zum Leben erwachte. Ole Haugens Sohn war so viel jünger gewesen als die Tochter, die nach Tingvold einheiratete, daß sie als verheiratete Frau bei ihm Pate stand. Nach manchen Wechselfällen des Schicksals hatte er als sehr alter Mann das kleine Eigentum des Vaters oben in den Bergen übernommen, und erstaunlicherweise heiratete er erst dann. Er bekam mehrere Kinder und darunter einen Jungen, der Hans hieß. Dieser schien die Gaben des Großvaters zu besitzen, doch nicht eigentlich im Geigenspiel, wenn er auch spielen konnte, sondern eher im Singen alter und im Erfinden neuer Weisen. Aber es gab nicht viele, die ihn gesehen hatten. Die Sache war nämlich die, daß sein alter Vater ein Jäger war, und ehe seine Söhne noch groß waren, saß der Alte auf dem Hügel und lehrte die kleinen Jungen laden und zielen. Seine Freude soll unwahrscheinlich groß gewesen sein, als sie mit dem Gewehr das Pulver und Blei verdienen konnten, das sie verschossen. Weiter kam er nicht mit ihnen. Ihre Mutter starb dann kurz nach ihm, so daß die Kinder für sich selbst sorgen mußten; und das taten sie. Die Jungen gingen auf die Jagd, und die Mädchen betrieben die Wirtschaft auf dem Berg. Wenn sie sich gelegentlich einmal im Tal zeigten, erregten sie Aufsehen. Aber das geschah nicht oft, denn im Winter waren ihnen die

Wege zu schlecht, so daß sie sich damit begnügten, in die Gemeinde zu gehen, wenn sie unbedingt mußten, um ihr Wild zu verkaufen oder zu versenden, und im Sommer waren sie mit Touristen in den Bergen. Der Hof lag von allen in der Gemeinde am höchsten. Er war berühmt wegen seiner reinen Gebirgsluft, die brust- und nervenkranke Menschen besser heilen kann als irgendein anderes Mittel. Darum war ihr Haus jedes Jahr voll von Leuten aus der Stadt oder aus dem Ausland. Sie bauten mehrere Häuschen, aber voll wurden sie alle. Von armen, ja kümmerlich armen Leuten hatte diese Geschwisterfamilie sich zum Wohlstand emporgearbeitet. Der Verkehr mit all den Fremden hatte ihnen einen besonderen Stempel aufgedrückt. Sie verstanden sogar ein wenig von fremden Sprachen. Hans hatte vor vielen Jahren den Besitz von seinen Geschwistern gekauft, so daß das Ganze auf seinen Namen lief. Er war zu dieser Zeit siebenundzwanzig Jahre alt.

Keiner von ihnen hatte je seinen Fuß auf den Boden von Tingvold gesetzt. Endrid und Randi Tingvold nahmen sich das gewiß nicht zu Herzen, aber ebensowenig, wie sie duldeten, daß

der Reigen gespielt wurde, erlaubten sie, daß man einen Namen von dort erwähnte. Der arme Vater der Kinder hatte das gelegentlich erfahren, und Hans hatte darum seinen Geschwistern verboten, dorthin zu gehen. Aber die Tingvold-Mädchen, die so gerne sangen, wollten ihn unbedingt kennenlernen, und jetzt wurde unter den Frauen auf dem Hof mehr nach Hans Haugen und seinen Geschwistern gefragt und mehr von ihnen erzählt als von irgend etwas anderem. Lieder und Reigen wurden geträllert und getanzt, und Pläne, wie man es anstellen sollte, den frischen Burschen von Haugen einmal zu treffen, wurden bis ins unendliche erörtert und verworfen.

In dieser schönen Zeit, da so viel gesungen wurde und da es so viel Geselligkeit gab, wurde Mildrid konfirmiert, als sie ungefähr siebzehn Jahre alt war. Kurz vorher war alles still gewesen, kurz danach war es ebenso. Sie lebte so gut wie allein mit ihren Eltern. — Das war im Herbst. Zum Frühjahr oder, besser, zum Sommer sollte sie, wie alle Mädchen, die konfirmiert waren, auf der Alm bei den Herden wohnen. Sie freute sich unbeschreiblich! Ihre verlobte Freundin Inga sollte auf der Nachbaralm wohnen.

Schließlich konnte sie zu Haus keine Ruhe mehr finden. Beret sollte mit ihr auf die Alm ziehen, und Mildrids Unruhe übertrug sich auch auf sie. Auf der Alm aber, wo Beret von all dem Neuen völlig in Atem gehalten wurde, behielt Mildrid ihre Unruhe. Unermüdlich beschäftigte sie sich mit dem Vieh und der Milchwirtschaft — aber in der langen Zeit, die sie für sich hatte, wußte sie nichts mit sich anzufangen. Stundenlang war sie bei Inga, die von ihrem Verlobten erzählte, an manchen Tagen aber wollte sie auch dort nicht hingehen. Kam Inga zu ihr, freute sie sich und war liebevoll, als bereue sie ihre Treulosigkeit. Mit Beret sprach sie selten, und oftmals, wenn Beret sich an sie wandte, erhielt sie keine andere Antwort als ja oder nein. Wenn Inga kam, ging Beret, und wenn Mildrid zu Inga ging, lief Beret weinend zur Herde und blieb bei den Hirten. Aus alldem fühlte Mildrid, daß irgend etwas zerbrochen war, aber sie konnte es beim besten Willen nicht wieder heil machen. So saß sie eines Tages in der Nähe der Almwiese. Ein paar Ziegen hatten die Gelegenheit wahrgenommen, die Jungtierherde heimlich zu verlassen, und sie mußte sie hüten. Es war an einem warmen Vormittag. Sie saß im Schatten eines mit Buschwerk und Birken bewachsenen Hügels. Sie hatte ihre

Jacke ausgezogen und zu stricken angefangen. Sie wartete auf Inga. Hinter ihr raschelte es. Jetzt kommt sie, dachte Mildrid und sah auf.

Aber das Geräusch ist ihrer Meinung nach stärker, als daß es von Inga herrühren könnte, in den kleinen Sträuchern bricht und knackt es, Mildrid erbleicht, steht auf — und erblickt etwas Zottiges und darunter zwei blitzende Augen. Das kann nur der Kopf eines Bären sein! Sie möchte schreien, kann aber keinen Ton herausbekommen. Sie möchte davonlaufen, kann sich aber nicht rühren. Da richtet sich das Etwas auf — es war ein großer, breitschultriger Mann mit zottiger Mütze und einem Gewehr in der Hand. Er stand dort im Gebüsch und sah sie mit scharfen Augen, deren Blick sich aber rasch milderte, an — er machte ein paar Schritte vorwärts, einen Sprung, und er stand neben ihr auf der Wiese. Etwas berührte ihr Bein, sie stieß einen unterdrückten Schrei aus. Es war der Hund, den sie bis jetzt nicht gesehen hatte.

»Huch!« machte sie. »Ich glaubte schon, es sei ein Bär, der durchs Gebüsch bräche, darum habe ich einen Schreck bekommen.« Sie versuchte zu lachen. — »Ja, das hätte leicht sein können«, sagte er und mit auffallend leiser Stimme. »Kvas und ich verfolgten gerade eine Bärenspur, aber jetzt haben wir sie verloren — und wenn es einen Widergänger* gibt, der mich begleitet, dann ist es bestimmt ein Bär.« Er lächelte. Sie sah ihn an. Was mag das für ein Kerl sein? Groß, breitschultrig, geschmeidig; die Augen wechselten beständig den Ausdruck, so daß sie nicht hineinblicken konnte. Er stand auch zu nahe, wie aus dem Boden gewachsen mit Büchse und Hund. Am liebsten hätte sie gesagt:

* Der alte Glaube, daß jedermann von seinem Widergänger begleitet wird (unsichtbares Wesen, das sein Wesen ausdrückt), ist noch immer lebendig unter den Bauern. [Diese Fußnote ist von Björnson selbst eingefügt; d.Übers.]

»Mach, daß du wegkommst!« Aber statt dessen wich sie selbst ein paar Schritte zurück und fragte: »Wer bist du?«, denn sie war wirklich in Angst. — »Hans Haugen«, antwortete er obenhin, denn er beobachtete den Hund, der offenbar die Spur wiedergefunden hatte. Er wollte sich auch gleich verabschieden, aber als er das Mädchen ansah, stand es da, rot übergossen. »Nanu«, sagte er verwundert. Sie wußte nicht, was sie machen, ob sie davonlaufen oder sich umdrehen oder sich hinsetzen sollte. »Wer bist du?« fragte er. Und wiederum wurde sie glühend rot, denn ihm zu sagen, wie sie hieß, bedeutete ja, ihm alles preiszugeben. »Wer bist du?« fragte er noch einmal, als wäre es die natürlichste Frage von der Welt, die auch eine Antwort verlangte. — Und sie konnte sich doch nicht weigern, sie schämte sich über sich selbst und für ihre Eltern, weil sie sich nicht um ihre eigenen Verwandten gekümmert hatten. Aber den Namen mußte sie sagen: »Mildrid Tingvold«, flüsterte sie und brach in Tränen aus.

Es stimmte ja, er hatte keine Ursache, für die Tingvoldleute etwas übrig zu haben. Aus eigenen Stücken hätte er wohl kaum einen von ihnen gegrüßt. Aber das, was jetzt geschah, war anders, als er es sich gedacht hatte. Er blickte sie mit großen Augen an. Irgend etwas davon tauchte in seiner Erinnerung auf, daß ihre Mutter an dem Tage, als sie getraut wurde, in der Kirche so geweint hatte. Vielleicht liegt es in der Familie, dachte er, wies aber den Gedanken sofort von sich. — »Du mußt mich entschuldigen, wenn ich dich erschreckt habe«, sagte er ruhig und ging dem Hund nach. Sein Weg führte über die Hügel.

Als sie wieder aufzublicken wagte, hatte er den Kamm gerade erreicht, wandte sich um und sah nach ihr zurück. Nur einen Augenblick, denn gleichzeitig bellte der Hund auf der anderen Seite. Er fuhr zusammen, packte das Gewehr und verschwand. Mildrid stand immer noch und sah dorthin, wo er gestanden hatte, als ein Schuß sie aufschreckte. Ob das der Bär war? War er so dicht in ihrer Nähe gewesen? — Sie kletterte auf die Höhe, die er gerade erklettert hatte, und stand, wo er gestanden hatte, beschattete die Augen mit der Hand und — richtig: halb von einem Strauch verborgen, lag er über einen großen Bären gebeugt! Ehe sie sich recht besinnen konnte, war sie zu ihm hinuntergesprungen. Er lachte ihr zu und erzählte, immer noch mit leiser Stimme, wie es möglich gewesen sei, daß sie die Spur verloren hatten, obwohl sie doch hier zu finden war. Er erzählte, warum der Hund den Bären nicht eher hätte wittern können, als bis er ihm dicht auf den Fersen war. — Und über diesem Bericht hatte sie ihr Weinen und ihre Scham vergessen, und er hatte das Messer gezogen. Er wollte den Bären auf der Stelle abhäuten, das Fleisch war sowieso nichts wert, und er wollte es gleich vergraben. Das Fell aber wollte er mitnehmen. Er zog es ab, und dabei half sie. Dann lief sie zur Säterhütte, um eine Axt und einen Spaten für ihn zu holen, und obwohl sie sich vor dem Bären ekelte und obwohl er übel roch, half sie ihm weiterhin, bis er fertig war. Inzwischen war es Nachmittag geworden, und er lud sich zum Essen bei ihr ein. Er wusch sich selber und das Fell, und das war eine schwierige Arbeit. Als er fertig war, setzte er sich zu ihr in die Hütte, denn sie war noch nicht fertig. Er sprach von diesem und jenem, leicht und vertraulich, aber mit ganz leiser Stimme, wie es Leute oft tun, die viel allein umherstreifen. Mildrid gab so knappe Antworten, wie sie nur konnte; während sie ihm aber am Tisch gegenübersaß, konnte sie weder sprechen noch essen, und es blieb oftmals still. Als sie fertig war, drehte er sich auf dem Schemel um, stopfte eine Pfeife und zündete sie an. Auch er war etwas einsilbiger geworden, und nach einer Weile erhob er sich. »Ich habe einen langen Heimweg«, sagte er, und während er ihr die Hand hinstreckte, fügte er noch leiser hinzu: »Sitzt du jeden Tag da, wo du heute gesessen hast?« Er hielt ihre Hand ein wenig, als erwarte er eine Antwort. Sie wagte nicht aufzusehen und noch weniger zu antworten. Da fühlte sie, daß er ihre Hand rasch drückte. »Vielen Dank für alles!« sagte er lauter, und ehe sie es recht begriff, sah sie ihn mit dem Bärenfell über der Schulter, dem Gewehr in der Hand, den Hund an der Seite über die Heide hingehen. Sie sah ihn gegen den Himmel, denn die Berge lagen seitwärts. Sein leichter, fester Schritt trug ihn schnell dahin. Sie blickte ihm nach, bis er verschwunden war. Dann ging sie hinaus und setzte sich und sah immer noch in die gleiche Richtung.

Jetzt erst bemerkte sie, wie ihr Herz schlug, so daß sie die Hand darauf pressen mußte. Es dauerte nicht lange, und sie lag auf dem Graswall — das Gesicht in ihrem Arm — und rief sich die Ereignisse des Tages genauestens ins Gedächtnis zurück. Sie sah ihn über sich im Gebüsch auftauchen. Sie sah ihn breitschultrig, geschmeidig, mit dem rasch wechselnden Blick unmittelbar vor sich. Sie fühlte sich von ihrer Furcht und ihrem beschämenden Weinen überwältigt, sie sah ihn auf dem Kamm des Hügels gegen die Sonne, sie hörte den Schuß, sie kniete vor ihm, während er die Haut abzog. Sie hörte wieder jedes Wort, das er sprach, und seine leise Stimme, die so vertraulich klang, daß es ihr durch und durch ging, wenn sie daran dachte. — Diese Stimme hörte sie wieder vom Schemel vorm Herd, als sie kochte, und vom Tisch, als sie aß. Sie spürte wieder, daß sie ihm nicht mehr in die Augen zu sehen wagte, und sie spürte, wie sie schließlich auch ihn verlegen gemacht hatte, denn er schwieg. Sie hörte ihn noch einmal sprechen, als er ihre Hand nahm, und sie fühlte den Händedruck — sie spürte ihn noch bis in die Zehenspitzen! Sie sah ihn über die Heide gehen, gehen, gehen! — Würde er jemals wiederkommen? So, wie sie sich benommen hatte — unmöglich! Nein, wie doch alles, was sie von ihm erblickt hatte, stark, schön, selbstverständlich war — und wie war doch alles das dumm und jämmerlich, was er von ihr gesehen hatte! Ja, jämmerlich von ihrem ersten Schrei wegen des Hundes bis zu der Schamröte und dem Weinen, von der ungeschickten Hilfe, die sie ihm leistete, bis zum Essen, das sie nicht rechtzeitig fertig hatte! Und daß sie nicht antworten konnte, ja nicht einmal, wenn er sie ansah — und endlich, als er fragte, ob sie jeden Tag unter dem Hügel säße, daß sie da nicht nein

gesagt hatte, denn sie saß ja nicht jeden Tag unter dem Hügel! Erweckte ihr Schweigen nicht den Anschein, als bäte sie ihn stillschweigend, nachzusehen? — Ihre ganze erbärmliche Hilflosigkeit — mußte er die nicht in gleicher Weise mißdeuten? — Ach, wie schämte sie sich! Eine Glutwelle flutete über ihren Körper, über ihr Gesicht, das sie tiefer und tiefer in den Arm grub. — Und wieder erstand vor ihr das ganze Bild, er in all seiner Vollkommenheit und sie in ihrer Erbärmlichkeit, und sie schämte sich noch mehr!

Als die Kuhglocken schon das Nahen der Herde ankündigte, lag sie immer noch da. Jetzt beeilte sie sich aber und deckte den Tisch. Beret, die zu ihr kam, erkannte sofort, daß hier irgend etwas nicht stimmte, denn Mildrid stellte unsinnige Fragen und gab verkehrte Antworten und benahm sich überhaupt so sonderbar, daß Beret sie immer wieder groß ansah. Und als sie Abendbrot essen wollten und Mildrid erklärte, sie habe gerade gegessen, und sich statt dessen vor die Tür setzte, fehlte nur noch, daß Berets Ohren sich verdrehten, dann hätte sie vollkommen einem Jagdhund geglichen, der etwas witterte. Beret aß und zog sich aus, die Schwestern schliefen im gleichen Bett, und weil Mildrid nicht kam, stand Beret des öfteren leise auf und sah nach, ob ihre Schwester immer noch dort säße und ob sie allein säße. Ja, sie saß da und

immer allein. Es wurde elf Uhr, es wurde zwölf Uhr, es wurde eins — Mildrid saß draußen, und Beret konnte nicht schlafen. Sie tat allerdings so, als Mildrid endlich kam und sich so leise bewegte, so leise. Aber die Schwester hörte Mildrid seufzen, als sie sich zu Bett gelegt hatte, sie hörte, daß sie ihr übliches Abendgebet so traurig betete, sie hörte sie flüstern: »Ach, hilf mir doch, lieber Gott!« Beret hatte Mitleid mit ihr. Sie konnte keinen Schlaf finden, sie hörte auch, wie die Schwester sich schlaflos von einer Seite auf die andere wälzte. Sie sah schließlich, daß sie die Hoffnung aufgab, das Deckbett zur Seite schob, die Hände unter dem Kopf verschränkte und mit offenen Augen vor sich hin starrte. Mehr sah und hörte sie nicht, denn jetzt schlief sie ein. Als sie am anderen Morgen aufwachte, war ihre Schwester nicht mehr im Bett. Sie sprang auf. Die Sonne stand hoch am Himmel, die Herde war längst unterwegs. Sie fand ihr Frühstück auf dem Tisch, beeilte sich mit dem Essen, ging hinaus und fand Mildrid bei der Arbeit. Sie sah aber recht mitgenommen aus. Beret sagte, sie wolle gleich die Herde suchen und bei ihr draußen bleiben. Die andere antwortete nicht, warf ihr aber einen fast dankbaren Blick zu. Eine Weile sann Beret darüber nach, dann ging sie.

Mildrid blickte um sich: Ja, sie war allein! Da beeilte sie sich, saubere Tassen zurechtzustellen, aber um das übrige kümmerte sie sich nicht sonderlich. Sie wusch und kämmte sich und hatte es eilig, in die Hütte zu kommen, um ein anderes Kleid anzuziehen, dann nahm sie ihr Strickzeug und ging zum Hügel.

Sie war keineswegs frisch und ausgeruht, denn sie hatte ja fast gar nicht geschlafen und einen Tag und eine Nacht so gut wie nichts gegessen. Sie bewegte sich wie im Traum, und ihr schien, daß sie keine Klarheit finden könnte, bevor sie die Stelle erreichte, wo sie gestern gesessen hatte.

Aber kaum hatte sie sich dorthin gesetzt, als sie dachte: Wenn er käme und mich hier fände, was müßte er wohl denken? — Unwillkürlich stand sie auf. Da erblickte sie seinen Hund auf der Höhe, und der blieb stehen und sah sie an, sprang herunter und kam wedelnd zu ihr. Ihr erstarrte das Blut in den Adern. Da! Da stand er in der Sonne mit seinem Gewehr, genau wie gestern. Heute war er einen anderen Weg gekommen! Er lachte sie an, dann kletterte er herab und stand bald vor ihr. Sie hatte leise aufgeschrien und war dann auf ihren Sitz zurückgesunken. Trotz aller Anstrengungen war sie nicht imstande aufzustehen, sie ließ das Strickzeug fallen und hielt die Hände vors Gesicht. Er sagte nichts. Aber er legte sich direkt vor ihr ins Gras, sah ihr in die Augen, und der Hund auf der anderen Seite sah ihn an. Sie fühlte, daß er jetzt ihr Erröten, ihre Augen, ihr Gesicht erkennen konnte, obwohl sie sich abgewendet hatte. Sie wurde von seinem raschen Atem angesteckt, sie glaubte, seinen Atem auf ihrer Hand zu spüren. Sie wünschte nicht, daß er sprechen sollte, und doch war es schrecklich, daß er schwieg. Es mußte ihm ja klar sein, weshalb sie hier saß, und nie hatte sie sich mehr geschämt als in diesem Augenblick. Aber es war auch nicht recht von ihm, hierherzukommen, und noch weniger, daß er nun gerade dort lag. Da wurde eine ihrer Hände ergriffen und festgehalten und dann die andere. Sie mußte sich ihm dabei etwas mehr zuwenden — gut, wahr und stark zog er sie sanft mit Augen und Händen an sich. Sie glitt neben ihm auf den Boden, und ihr Kopf lehnte sich an seine Schulter. Sie fühlte, wie er mit einer Hand über ihr Haar strich, aber sie wagte nicht mehr, aufzublicken. Ihr ganzes Benehmen war doch allzu schamlos.

Heftig fing sie an zu weinen — »Ja, weine nur, dann will ich lachen«, sagte er, »denn über das, was uns geschehen ist, kann man lachen und weinen!« Aber seine Stimme bebte. Und

jetzt flüsterte er ihr zu, als er gestern von ihr gegangen, wäre er ihr nur immer nähergekommen. Und dies Gefühl sei so stark geworden, daß er, als er seine Berghütte erreichte, nicht anders gekonnt hätte, als den Deutschen, der sich dort von den Folgen des Krieges erholen wollte, sich selbst zu überlassen und auf die Berge zu steigen. Dort habe er einen Teil der Nacht gesessen, und die übrige Zeit sei er in den Felsen herumgeklettert. Zwar sei er zum

Abendbrot zu Hause gewesen, aber dann wieder fortgegangen. Er wäre achtundzwanzig Jahre alt, also kein kleiner Junge mehr, aber das wisse er genau, entweder müßte das Mädchen sein werden, oder er wüßte nicht, was er tun sollte. Es hätte ihn dahin gezogen, wo er ihr gestern begegnet war, er hätte nicht daran gedacht, sie zu treffen — als sie aber dort saß, wäre es für ihn abgemacht gewesen, daß er sie fragen müsse — und als er erkannte, daß es ihr ebenso ging wie ihm, da — ja da ... Er richtete ihren Kopf auf, und sie wehrte ihm nicht; seine Augen strahlten so hell, und sie mußte hineinsehen, und sie wurde rot und schlug den Blick nieder. Aber er sprach wieder mit der leisen, halb flüsternden Stimme. Die Sonne schien durch die Baumwipfel auf dem Abhang, die Birken zitterten leicht im Windhauch, das Gezwitscher der Vögel mischte sich mit dem Rauschen eines Baches, der neben ihnen über das Geröll rieselte. Wie lange sie dort beieinandersaßen, wußten sie nicht. Der Hund war es, der sie beide aufschreckte. Er war mehrmals umhergestreunt und hatte sich jedesmal wieder auf seinen Platz gelegt. Jetzt aber lief er bellend den

Abhang hinunter. Sie sprangen beide auf und blieben eine Weile lauschend stehen. Aber nichts war zu sehen. Wieder sahen sie sich in die Augen, und da hob er sie mit seinen Armen auf. Seit sie ein Kind war, hatte sie niemand mehr getragen, und sie fühlte sich dabei hilflos. Aber als er sie anstrahlte, beugte sie sich herab und schlang die Arme um seinen Hals. Er war ihr Schutz, ihre Zukunft, ihr unendliches Glück, und sie mußte sich ihrem Gefühl hingeben. Sie sprachen nichts. Er hielt sie, und sie hielt ihn. Er ging mit ihr da hin, wo sie vorher gesessen hatten. Dort setzte er sich und nahm sie auf seinen Schoß. Aber sie ließ ihn nicht los, sie beugte ihren Kopf nur tiefer zu dem seinen, damit er sie nicht ansehen könnte. Gerade wollte er sie dazu zwingen, als, unsichtbar vor ihnen, jemand mit dem Ausdruck der Verwunderung »Mildrid!« rief. Es war Inga, die dem Hund gefolgt war. Mildrid sprang auf, blickte ihre Freundin einen winzigen Augenblick lang an, ging dann zu ihr, legte einen Arm um ihren Hals und schmiegte den Kopf an ihre Schulter. Inga zog sie an sich. »Wer ist es?« flüsterte sie, und Mildrid fühlte, wie sie zitterte. Sie rührte sich aber nicht. Inga wußte ja, wer er war, denn Inga kannte ihn. Aber sie wagte ihren eigenen Augen nicht zu trauen! Da kam Hans langsam näher. »Ich dachte, du kennst mich«, sagte er ruhig, »ich bin Hans Haugen!« — Als sie seine Stimme hörte, hob Mildrid ihren Kopf und sah ihn an. Nein, wie gut und aufrecht er dort stand, er streckte ihr die Hand hin, und sie ging zu ihm und ergriff sie und blickte, rot vor Scham und vor ebenso großer Freude, auf die Freundin.

Hans nahm sein Gewehr und verabschiedete sich. Er flüsterte Mildrid zu: »Du kannst mir glauben, daß ich jetzt bald wiederkomme!« — Beide folgten ihm zur Hütte hinab und sahen ihn den Weg gehen, den er gestern gegangen war, sahen ihn im Sonnenschein über die Heide dahinschreiten. Sie standen da, solange er zu sehen war, denn Mildrid, die sich an Inga schmiegte, konnte sich nicht von seinem Anblick trennen, und Inga wußte, daß sie sich weder rühren noch sprechen durfte. Das einzige, was die beiden sagten, waren die ein paarmal geflüsterten Worte: »Jetzt sieht er sich um!« Als er aber um eine Wegbiegung verschwand, wandte sich Mildrid der Freundin zu. »Frag

mich bitte nichts«, sagte sie, »denn ich kann es dir nicht erzählen.« Eine Weile blieb sie noch an Inga gelehnt stehen, dann gingen die beiden zur Hütte. Da erinnerte sich Mildrid, daß sie alles halb fertig stehengelassen hatte, und jetzt mußte ihr Inga helfen. Während der Arbeit sprachen sie nicht viel miteinander, jedenfalls von nichts anderem als der Arbeit. Nur einmal mußte Mildrid innehalten und flüstern: »Ist er nicht schön?«

Sie setzte das Essen auf den Tisch, rührte aber selber kaum etwas an, obgleich sie sowohl hungrig als auch müde war. Inga verließ sie, sobald sie konnte. Sie sah, daß Mildrid am liebsten allein sein wollte. Als Inga gegangen war, legte sich Mildrid auf ihr Bett und versuchte zu schlafen. Noch einmal aber mußte sie sich die Ereignisse des Tages zurückrufen, um das Schönste zu finden, das er gesagt hatte. Dabei fragte sie sich, was sie ihm erwidert hätte. Und da wurde ihr klar, daß sie kein Wort gesagt hatte — nein, während ihres ganzen Beisammenseins nicht ein einziges Wort! Sie setzte sich im Bett auf. Er konnte wohl nicht sehr viele Schritte gegangen sein, bis auch er es gemerkt hatte — und was mußte er da denken? Daß sie ein Mensch wäre, der willenlos wie im Schlaf wandelte! Wie konnte er sich auf die Dauer zu ihr hingezogen fühlen? Ihm war ja auch erst, nachdem er sie verlassen hatte, klargeworden, daß er sie liebte — sie zitterte davor, was ihm heute klarwerden könnte. — Und wieder setzte sie sich draußen vor die Hütte, wie gestern.

Mildrid war ja ihr Leben lang daran gewöhnt worden, mit sich selbst fertig zu werden, sie war in Verhältnissen aufgewachsen, in denen einer auf den anderen so viel Rücksicht nahm. Darum fand sie alles, was sie in diesen vierundzwanzig Stunden getan hatte, weder taktvoll noch überlegt, kaum ehrbar! Sie wußte nichts von Büchern, sie sah mit den Augen des Bauern, und niemand ist strenger in seinem Urteil. Es gehört sich, seine Gefühle zu unterdrücken. Es ist nicht mehr als anständig, sie nicht gleich zu äußern. Sie, die mehr als alle andern ihr Leben lang so gewesen war und darum von jedermann geachtet wurde, sie hatte sich an einem einzigen Tage an einen Mann verloren, den sie nie vorher gesehen hatte! Auf die Dauer mußte ja gerade er sie am meisten verachten! Wenn es sich nicht einmal erzählen ließ, nicht einmal Inga — wie schlimm mußte es dann sein?

Als die ersten Kuhglocken in der Ferne zu hören waren und Beret kam, fand sie die Schwester wie leblos vor der Hütte. Sie blieb stehen, bis Mildrid den Kopf heben und sie ansehen mußte. Mildrids Augen waren verweint, ihr Ausdruck leidend. Aber dieser Ausdruck wandelte sich, als sie Beret anblickte, denn Beret war erregt. »Was fehlt dir?« rief sie aus. — »Gar nichts!« antwortete Beret. Sie blieb stehen und sah Mildrid unverwandt an, bis diese die Augen niederschlagen mußte, sich abwandte und aufstand, um das Essen fertigzumachen. Sie kamen nicht vor dem Abendbrot wieder zusammen, bei dem sie einander gegenübersaßen. Weil Mildrid selber nicht viel mehr als ein paar Bissen essen konnte, blickte sie geistesabwesend hier und da auf die anderen, aber meistens auf Beret, die überhaupt nicht fertig zu werden schien. Sie aß nicht, sie schlang wie ein hungriger Wolf. »Hast du heute nichts zu essen bekommen?« fragte Mildrid. — »Nein«, antwortete Beret und aß weiter. Mildrid fragte nach einer Weile: »Bist du nicht mit den Hirten gegangen?« — »Nein«, antwortete sie gleichzeitig mit den beiden Hirten. In deren Gegenwart wollte Mildrid nicht weiter in sie dringen, und später machte die eigene Niedergeschlagenheit es ihr schwer, die Schwester zur Rede zu stellen.

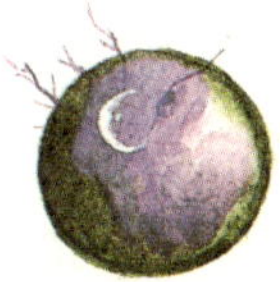

Sie meinte auch, sie habe wohl kaum ein Recht darauf. Damit vermehrte sie nur ihre eigenen quälenden Vorwürfe, die einer nach dem anderen ihr Inneres aufrührten, während sie den Abend und die ganze Nacht draußen auf ihrem Platz bei der Hütte zubrachte.

In dem blutroten Abend, in der eisgrauen Nacht fand sie keinen Frieden, nicht einmal das Bedürfnis nach Schlaf. Bisher war das arme Kind nie in solcher Bedrängnis gewesen. Ach, wie betete sie! Sie hielt hoffnungslos inne und begann von neuem. Bald sprach sie die Gebete, die sie gelernt hatte, bald brauchte sie eigene

Worte; völlig erschöpft ging sie schließlich zu Bett. Da versuchte sie noch einmal, aus ganzem Herzen zu beten, aber sie hatte keine Kraft mehr, sie konnte wieder nur stammeln: »Hilf mir! Lieber, lieber Gott, ach, hilf mir!« — Und das wiederholte sie, bald leise, bald laut, denn sie lag in innerem Streit mit sich, ob sie von ihm lassen solle oder nicht. Plötzlich erschrak sie so, daß sie einen Schrei ausstieß. Beret hatte sich nämlich blitzschnell hingekniet und über sie gebeugt. »Wer ist es?« flüsterte sie. Ihre großen Augen brannten, und ihr glühendes Antlitz, ihr hastiger Atem verrieten ihre heftige Erregung. Mildrid, von ihren selbstquälerischen Gedanken zerrissen, an Leib und Seele zerschlagen, konnte nicht antworten. Sie war so eingeschüchtert, daß sie zu weinen anfing. »Wer ist es?« fragte die andere dicht vor ihrem Gesicht. »Es nützt dir nichts, es länger zu verheimlichen, ich habe euch heute die ganze Zeit beobachtet!« Mildrid hielt schützend die Arme vors Gesicht, aber Beret ergriff sie und bog sie zurück. »Wer ist es, frage ich!« — Sie blickte ihr fest in die Augen. »Beret, Beret«, schluchzte die andere. »Bin ich nicht immer gut zu dir gewesen, seit du klein warst? Warum bist du so häßlich zu mir, jetzt, wo es mir so schlecht geht?« — Beret ließ ihre Arme los, denn die Schwester weinte. Aber ihr Atem brannte, und sie keuchte, als sollte ihr die Brust zerspringen. »Ist es Hans Haugen?« zischte sie. Eine atemlose Pause entstand. »Ja«, hauchte die Schwester schließlich weinend. Da zog Beret ihr noch einmal die Arme vom Gesicht. Sie wollte ihre Augen sehen. »Warum hast du mir das nicht gesagt, Mildrid?« fragte sie mit der gleichen brennenden Neugierde. — »Beret, ich habe es ja selber nicht gewußt«, antwortete die andere. »Ich habe ihn ja gestern zum erstenmal gesehen. Und als ich ihn sah, war es um mich geschehen. Das ist es ja, was mich so quält, daß ich glaube, sterben zu müssen!« — »Du hast ihn bis gestern nicht gesehen?« rief Beret in höchster Überraschung, ja ungläubig aus. — »Noch nie in meinem Leben«, antwortete Mildrid fest. »Kannst du dir eine solche Schande vorstellen, Beret!« Da aber warf sich Beret über sie, umarmte und küßte sie wieder und wieder. »Liebe, liebe Mildrid, wie ist das schön!« flüsterte sie in überströmender Freude. »Nein, wie ist das schön!« wiederholte sie und küßte die Schwester. »Und du kannst mir glauben, daß ich schweigen werde, Mildrid!« Sie preßte sich an sie und erhob sich dann wieder. »Und du, die du glaubtest, daß ich nicht schweigen könnte!« Und sie war auf einmal ganz betrübt. »Ich nicht schweigen, wenn es sich um dich handelt, Mildrid!« Sie weinte. »Warum hast du dich in letzter Zeit so wenig um mich gekümmert? Warum hast du Inga mir vorgezogen? Ach, wie hast du mich traurig gemacht! Wenn du wüßtest, wie lieb ich dich habe, Mildrid!« Und sie schmiegte sich an sie. Aber jetzt küßte ihre Schwester sie und versicherte ihr, sie habe bisher nie darüber nachgedacht, jetzt wolle sie aber die Schwester nie mehr zurücksetzen, und sie wolle sich ihr anvertrauen, ihr, die so gut und wahr sei, und sie streichelte sie, und die andere streichelte sie wieder. Abermals kniete sich Beret hin, sie mußte die Augen ihrer Schwester sehen im Schein der Sommernacht, die schon den ersten Schimmer der Morgenröte zeigte. »Mildrid, wie ist er schön!« war ihr erster strahlender Ausruf. »Wieso kam er? Wie war es, als du ihn das erstemal sahst? Was sagte er? Wie kam das alles?«

Und was Mildrid vor ein paar Stunden glaubte, keinem Menschen erzählen zu können, das erzählte sie jetzt ihrer Schwester. Sie wurde dadurch unterbrochen, daß sich Beret mitten in ihrer Rede über sie warf und sie an sich drückte. Aber Mildrid wurde dadurch nur noch mehr zum Erzählen angeregt. Es erschien ihr selbst wie ein fremdes Lied, im Wald gedichtet, und sie lachten und weinten: Sie dachten nicht mehr an Schlaf. Die Sonne überraschte die beiden, die eine liegend, auf den Ellbogen gestützt, von ihrem eigenen Erleben berauscht, die andere vor ihr auf den Knien mit halbgeöffnetem Mund und blitzenden Augen. Immer wieder warf sie sich der Schwester an die Brust.

Sie standen zusammen auf, machten zusammen ihre Arbeit, und als sie damit fertig waren und zum Schein etwas gegessen hatten, zogen sie sich zusammen für den Besuch an. Er mußte ja bald kommen! Beide setzten sich in ihrem Sonntagsstaat an den Hügel, und Beret zeigte der Schwester, wo sie sich gestern versteckt hatte — der Hund war oft zu ihr gekommen. Hörte die eine auf zu erzählen, so fing die andere an. Bei ihrem Erzählen hatten sie bald die

Zeit überschritten, da Hans zu erwarten war. Aber sie unterhielten sich weiter. Sie vergaßen die Zeit und dachten dann wieder daran, und Beret lief ein paarmal auf den Kamm, um Ausschau zu halten, aber sie sah und hörte nichts von ihm. Beide wurden ungeduldig, und zwar Mildrid plötzlich in solchem Maße, daß Beret Angst bekam. Sie machte ihr klar, er sei ja nicht sein eigener Herr, zwei Tage lang habe der Deutsche allein fischen und jagen und sein Essen zubereiten müssen. Das ging wohl kaum dreimal. Und das sah Mildrid auch ein. — »Was glaubst du, was Vater und Mutter dazu sagen werden?« fragte Beret, um ihre Gedanken abzulenken. Aber kaum hatte sie die Worte ausgesprochen, als sie es auch schon bereute. Mildrid erblaßte und starrte Beret an, aber auch die blickte plötzlich voller Schrecken auf ihre Schwester. Hatte Mildrid denn vorher nicht daran gedacht? O ja, aber so, wie man an etwas Fernliegendes denkt. Die Furcht davor, was Hans Haugen von ihr denken müßte, die Scham über ihre eigene Schwachheit und Dummheit hatte sie so in Anspruch genommen, daß sie alles andere beiseite schob. Jetzt war es umgekehrt: Mit einemmal füllten die Eltern ihr ganzes Denken aus. — Beret versuchte, sie wieder zu beruhigen. Wenn sie ihn erst sähen, würden sie der Tochter recht geben. Sie würden die nicht unglücklich machen wollen, die bisher ihre ganze Freude war. Großmutter würde ihr auch helfen. Kein Mensch hätte Hans Haugen etwas zu sagen, und er würde bestimmt nicht aufgeben! — Das alles ging an Mildrid vorbei — sie dachte an etwas anderes.

Und um es in Ruhe überlegen zu können, bat sie Beret, sich ums Mittagessen zu kümmern. Beret ging langsam davon und drehte sich immer wieder um.

Das, was Mildrid jetzt überlegte, war: Müßte ich es nicht Vater und Mutter sofort sagen? — Aufgewühlt, wie sie durch die ungeheure Anspannung dieser Tage war, türmte sich die Frage vor ihr wie ein Berg. Sie meinte, eine Sünde zu begehen, wenn sie ihn nach ihrer Verlobung träfe, ohne daß ihre Eltern etwas davon wüßten. Sie hätte sich ja ohne Einwilligung ihrer Eltern gar nicht verloben dürfen, aber sie hatte nicht anders gekonnt! — War es nun aber einmal geschehen — dann gleich zu den Eltern! Sie stand auf, jetzt war ihr alles klar. Sie mußte tun, was recht war. Wenn Hans wieder hierherkam, mußte sie mit ihren Eltern gesprochen haben. »Nicht wahr?« fragte sie laut, als spräche sie mit jemandem. Sie lief zur Alm, um es Beret mitzuteilen. Aber Beret war nicht in der Hütte, nicht

auf der Alm. »Beret!« rief sie. »Beret! — »Beret!« Von allen Seiten gab das Echo ihren Ruf zurück, aber sie ließ nicht nach. Überall suchte sie Beret, ohne sie zu finden. Aufgeregt war sie schon vorher gewesen, jetzt bekam sie Angst. Berets große Augen und die Frage »Was glaubst du, werden Vater und Mutter dazu sagen?« wurden ständig zwingender und drohender. — Beret war doch nicht etwa selbst zu ihnen gegangen? Das sähe ihr ähnlich! Schnell entschlossen, wie Beret war, wollte sie sicher die Sache sofort erledigt wissen, um Mildrid zu trösten. Ganz bestimmt war sie gegangen! — Aber wenn Beret ihr zuvorkam, würden die Eltern alles mißverstehen ..., und rasch bog sie in den Weg zum Dorf ein. Einmal auf der Straße, ging sie schneller, von der ständig wachsenden Spannung angespornt. Sie achtete nicht darauf, aber es sauste in ihrem Kopf, schnürte ihr die Brust ein, beklemmte ihr den Atem. Sie mußte sich setzen und ein wenig ausruhen. Aber auch im Sitzen konnte sie nicht ausruhen, sie mußte liegen. Sie warf sich hin, das Gesicht auf den Arm gepreßt, verlassen, hilflos, ratlos, wenn auch durch die Liebe, so doch ratlos.

Und so schlief sie ein! Zwei Tage und Nächte hatte sie kaum geschlafen und gegessen — und was das für Leib und Seele eines Kindes bedeutet, das ruhig und regelmäßig seine Mahlzeiten und seinen Schlaf in dem stillen Haus seiner Eltern gehabt hat, begriff sie nicht. Wie konnte sie überhaupt begreifen, was ihr jetzt widerfahren war? Im Umgang mit ihren liebevollen, aber schwermütigen Eltern hatte sich in ihr eine Liebe angesammelt, die sie nur in ihrer Rücksichtnahme zu zeigen wagte. Gleichzeitig hatte sie in Großmutters fröhlichem Haus unendliche Sehnsüchte empfangen, mit denen sie in ihrer Einsamkeit nicht fertig werden konnte.

Darum mußte sie jetzt, als diese Gefühle zum Ausbruch kamen, nur ihre eigene Schande sehen, wohin sie auch immer blickte. Von ihrem kindlichen Gewissen getrieben, war das erschöpfte Kind mit sich selber um die Wette gelaufen, bis es stürzte. — Sie schlief, und die reine Luft der Berge streichelte sie.

Beret war nicht zu ihren Eltern gegangen, sondern zu Hans Haugen. Sie mußte weit und teilweise durch unbekannte Gegenden gehen, am Saum eines Waldes entlang und später höher oben über Geröllhalden, die nicht ganz sicher vor wilden Tieren waren, wie sich kürzlich gezeigt hatte. Aber sie ging drauflos, denn Hans mußte kommen, oder Mildrid würde etwas zustoßen. Die Schwester war ja nicht wiederzuerkennen.

Sie war frisch und munter, das Abenteuer ihrer Schwester beflügelte ihren Schritt. Hans Haugen war das Vornehmste, das sie in der Welt kannte, und Mildrid sollte das Vornehmste bekommen! Es war gar kein Wunder, daß Mildrid sich sofort in ihn verliebte, und eben-

sowenig war es erstaunlich, daß er von Mildrids Anblick überwältigt wurde. Wenn die Eltern das nicht begriffen, war daran nichts zu ändern, und die beiden mußten ihr Glück erzwingen, wie ihr Urgroßvater es getan hatte, wie ihr Großvater es getan hatte — und sie stimmte den Familienhochzeitsreigen an. Er jubelte hinaus über die öden Halden und verlor sich in den Wolken. Auf dem Kamm blieb sie stehen und rief: »Hurra!« Von dort, wo sie stand, sah sie nur die äußersten und höchstgelegenen Häuser des Dorfes. Auf dieser Seite sah sie den letzten Rand des Waldes, dann Heide, und hier, wo sie stand, nur Felsen und Geröll. In der leichten Luft flog sie nur so darüber hin. Sie wußte, daß in gerader Linie auf den Schneeberg zu, dessen Gipfel über die anderen Berge ragte, die Gebirgshütte liegen mußte, und nach einer Weile erkannte sie, daß sie nun bald am Ziel wäre. Um sich zu orientieren, kletterte sie auf einen großen, einzelnen Felsblock und sah direkt unter sich einen Bergsee. Ob das, was sie am Ufer erkannte, eine Hütte oder ein Felsen war, konnte sie nicht unterscheiden, denn manchmal schien es wie eine Hütte und manchmal wie ein

Felsen. Aber an einem Gebirgssee sollte seine Berghütte liegen. Ja, hier mußte es sein. Denn dort wurde ein Boot um eine Landzunge gerudert! Darin saßen zwei Männer, das mußten er und der Deutsche sein! Sie sprang hinunter und lief weiter. Aber das, was so nahe schien, war weit entfernt; sie lief und lief. Der Gedanke, Hans Haugen zu finden, gab ihr Kraft.

Hans Haugen saß vollkommen ruhig neben dem Deutschen im Boot, nichts ahnend von all der Aufregung, die er verursacht hatte. Hans hatte sich nie gefürchtet. Er hatte auch noch niemals etwas empfunden, was dem Verliebtsein ähnelte. Aber als er es dann fühlte, wurde es ihm darum auch unerträglich, bis er sich im klaren war. Nun aber war er sich klar, und jetzt saß er da und dichtete einen Text zu dem Hochzeitsreigen.

Er war kein besonders guter Dichter, aber er bekam etwas über den Kirchgang zustande, und ihre Begegnung im Wald gab den Kehrreim zu jedem Vers ab. Er pfiff und angelte und fühlte sich außerordentlich wohl. Der Deutsche angelte auch und ließ ihn in Ruhe.

Jetzt hörten sie jemanden laut vom Strand

rufen, und beide, er sowohl als auch der bärtige Deutsche, blickten auf und sahen ein Mädchen, das winkte. Sie wechselten ein paar Worte miteinander und ruderten an Land. Hans sprang heraus und machte das Boot fest, und beide trugen Gewehre, Decken, Fische und Angelgerät hinauf. Während der Deutsche aber direkt zur Hütte ging, kam Hans mit seinem Gepäck zu Beret, die abseits auf einem Felsen stand. »Wer bist du?« fragte er leise. — »Beret, Mildrids Schwester«, antwortete sie. Er errötete und sie ebenfalls. Aber gleich darauf erblaßte er. »Ist etwas passiert?« — »Nein, das nicht, aber du mußt kommen. Sie verträgt es jetzt nicht, allein zu sein.« Eine Weile sah er sie an. Dann drehte er sich um und ging zur Hütte. Der Deutsche war draußen stehengeblieben und hatte die Angelgeräte aufgehängt. Hans tat dasselbe, während sie miteinander sprachen. In dem Häuschen hatten, seit Beret rief, zwei Hunde aus Leibeskräften gebellt. Die Männer gingen zusammen hinein, aber als sie die Tür öffneten, stürmten die beiden Hunde heraus — einer gehörte Hans und einer dem Deutschen —, sie wurden jedoch beide scharf wieder hineingerufen. Es dauerte lange, bis Hans wieder herauskam. Da aber hatte er sich umgezogen und Gewehr und Hund bei sich. Der Deutsche begleitete ihn bis vor die Tür. Und dort schüttelten sie einander die Hände, als handle es sich um einen Ab-

schied für längere Zeit. Hans ging gleich zu Beret. »Kannst du rasch gehen?« fragte er. — »Ja, das kann ich gut.« Und er ging, und sie lief, vor ihnen der Hund.

Da er sich keine Gedanken darüber gemacht hatte, ob Mildrid über ihre Verlobung ebenso zufrieden und froh war wie er selbst, wirkte dieser Hilferuf nach ihm wie ein Blitz aus heiterem Himmel. Natürlich, wegen ihrer Eltern beunruhigte sie sich! Sie war auch darüber erschrocken, daß alles so plötzlich gekommen war. Natürlich! Das wurde ihm jetzt so klar, daß er sich in hohem Maße darüber wunderte, wieso es ihm vorher nicht zum Bewußtsein gekommen sei — und er schritt kräftig aus. Selbst auf ihn hatte ja die Begegnung mit Mildrid zuerst wie ein Schlag gewirkt, was mußte erst sie, ein Kind, still, zurückhaltend wie ihr Elternhaus, empfinden, wenn sie wie vom Sturm ins wilde Meer getrieben wurde? — Und er schritt kräftig aus.

Während dieses Eilmarsches war Beret neben ihm hergelaufen und hatte ihm soweit wie möglich das Gesicht zugewendet. Hin und wieder hatte er undeutlich ihre großen Augen und ihre glühenden Wangen erkannt, aber seine Gedanken hatten ihn zu sehr in Anspruch genommen, er hatte sie nicht deutlich gesehen, und schließlich sah er sie überhaupt nicht mehr. Er drehte sich um: Sie war ein gutes Stück zurückgeblieben, versuchte aber aus allen Kräften, mit ihm Schritt zu halten. Sie war zu stolz gewesen, um zuzugeben, daß sie diesem Marsch nicht gewachsen sei. Aber als er jetzt stehenblieb und wartete, bis sie endlich keuchend ankam, standen ihr die Tränen in den Augen. »Nanu — gehe ich zu schnell?« Er hielt ihr die Hand hin. Sie war so außer Atem, daß sie nicht antworten konnte. »Wir wollen uns ein wenig setzen«, sagte er. »Komm!« Und er setzte sie neben sich. Ihr Gesicht wurde womöglich noch röter, und sie sah ihn nicht an. Sie keuchte, als müsse ihr die Brust zerspringen. »Ich bin so durstig«, war das erste, was sie herausbrachte. Sie standen wieder auf, und er sah sich um, aber es war kein Bach in der Nähe. »Wir müssen warten, bis wir ein Stück weitergekommen sind, da ist ein Bach«, sagte er. »Es ist auch gar nicht gut, wenn du jetzt gleich trinkst.« Er setzte sich wieder, und sie nahm auf einem Stein vor ihm Platz. »Ich lief den ganzen Weg bis hier«, sagte sie, um sich zu entschuldigen. »Und ich habe auch nicht zu Mittag gegessen«, fuhr sie nach einer Weile fort, »und heute nacht auch nicht geschlafen«, fügte sie noch hinzu. Statt sie zu bemitleiden, fragte er rasch: »Dann hat wohl Mildrid auch nicht zu Mittag gegessen und heute nacht vielleicht auch nicht geschlafen?« — »Mildrid hat sicherlich auch die vorige Nacht nicht geschlafen, und gegessen hat sie nicht, das habe ich gesehen, nein, nicht seit ...«, sie dachte ein wenig nach, »ich weiß nicht, wie lange.« — Er erhob sich. »Kannst du jetzt weitergehen?« — »Ich glaube wohl.« Er faßte sie an der Hand, und der Eilmarsch begann von neuem. Nach kurzer Zeit bemerkte er, daß sie dieses Tempo nicht länger durchhalten konnte, darum zog er die Jacke aus, gab sie ihr, hob Beret auf und trug sie. Damit war sie keineswegs einverstanden, aber er trug sie mit großer Leichtigkeit. Beret hielt sich an seinem Halstuch fest, denn sie wagte nicht, ihn selber zu berühren. Nach einer Weile meinte sie, nun sei sie wieder bei Kräften, nun könne sie wieder gehen. Er setzte sie ab, nahm seine Jacke, hängte sie über das Gewehr — und weiter ging es! Am Bach hielten sie an und ruhten sich etwas aus, ehe sie trank. Als sie sich wieder erhob, lachte er und sah sie an. »Du bist ein hübscher kleiner Kerl!«

Es ging auf den Abend zu, als sie ankamen. Sie suchten Mildrid vergeblich bei der Alm und vor dem Hügel. Ihre Rufe verhallten in der Ferne, und beide erschraken, als Hans bemerkte, daß der Hund an etwas schnüffelte. Sie liefen hin, es war ihr Kopftuch. Sogleich setzte Hans den Hund auf die Spur — und der jagte davon! Sie folgten ihm über den Berg bis auf die andere Seite, also hinab auf Tingvold zu. Sollte sie etwa nach Haus gegangen sein? Beret berichtete von ihrer unvorsichtigen Frage und den Folgen, und Hans antwortete, das könne er sich denken! Beret fing an zu weinen. Sollte sie ihr nachgehen oder nicht? Beret rief ungeduldig: »Ja, ja!« Sie war ganz verstört. Zuerst mußten sie zur Nachbaralm, um Hilfe bei der Rückkehr des Viehs zu haben. Während sie noch darüber sprachen, immer dem Hund folgend, sahen sie ihn stehenbleiben und sich mit wedelndem Schwanz umsehen. Sie liefen hin — und da lag Mildrid!

Sie lag da, das Gesicht auf ihrem Arm halb im Heidekraut. Behutsam traten sie näher. Der Hund leckte ihr Hand und Wange, sie rieb sich und drehte sich um, schlief aber weiter. »Laß sie nur schlafen!« flüsterte Hans. »Geh du und kümmere dich um das Vieh, ich höre die Kuhglocken.« Als Beret fortlief, kam er ihr nach: »Bring etwas zu essen mit, wenn du zurückkommst«, flüsterte er. Dann setzte er sich ein wenig abseits, rief den Hund, zwang ihn, sich zu legen, und hielt ihn fest, damit er nicht bellen sollte.

Der Abend war wolkig, grau dehnten sich Hügel und Berghalden, ringsum herrschte Stille.

Nicht einmal ein Vogel war zu sehen. Was besprochen werden mußte, wenn Mildrid aufwachte, hatte er rasch überlegt. Die Zukunft zeigte kein Wölkchen, sorglos lag er da und blickte in den Himmel. Er wußte, daß ihre Begegnung ein Wunder war, der liebe Gott hatte ihm selbst befohlen, gemeinsam mit ihr durchs Leben zu gehen!

Wieder beschäftigte er sich mit dem Hochzeitsreigen. Stille Freude erfüllte seine Seele, aus ihr kamen ihm die Gedanken.

Es konnte gut acht Uhr sein, als Beret zurückkam und Essen mitbrachte. Mildrid war noch nicht aufgewacht. Beret setzte den Korb ab, betrachtete die beiden eine Weile, setzte sich dann selber, aber etwas von ihnen entfernt. Abermals warteten sie wohl eine Stunde, währenddessen Beret des öfteren aufstand, um nicht einzuschlafen. Kurz nach neun Uhr erwachte Mildrid. Sie drehte sich ein paarmal hin und her, schlug endlich die Augen auf, erkannte, wo sie lag, setzte sich aufrecht und erblickte die anderen. Sie war noch schlaftrunken, deshalb erkannte sie nicht klar, wo sie sich befand und was sie sah, bis Hans sich erhob und lachend zu ihr ging. Da streckte sie ihm beide Hände entgegen.

Er setzte sich an ihre Seite. »Jetzt hast du geschlafen, Mildrid.« — »Ja, jetzt habe ich geschlafen.« — »Jetzt bist du wohl hungrig?« — »Ja, jetzt bin ich hungrig.« — Beret brachte das Essen. Mildrid warf erst einen Blick auf den Korb und dann auf die beiden. »Habe ich lange geschlafen?« fragte sie. — »Na ja, es ist jetzt wohl neun Uhr, sieh doch, wo die Sonne steht!« — Jetzt erst schien sie sich an alles zu erinnern. — »Habt ihr lange hier gesessen?« — »Ach — nein — aber iß nun!« Sie griff zu. »Du warst wohl auf dem Weg ins Tal?« fragte Hans leise und beugte sich zu ihr hinab. Sie wurde rot. »Ja«, hauchte sie. »Morgen, wenn du richtig ausgeschlafen hast, werden wir beide hinabgehen.« Sie sah ihn groß an — erst überrascht, dann in stiller Dankbarkeit, aber sie sagte nichts. Danach schien sie munterer zu werden, sie fragte Beret, wo sie denn gewesen sei, und Beret erzählte, daß sie zu Hans gegangen wäre, und er erzählte das übrige. Es machte ihr viel Spaß, zu hören, daß der Hund sie gefunden und ihr das Gesicht geleckt hatte, ohne daß sie aufgewacht sei. Der Hund folgte jedem Bissen mit den Augen, und sie fing an, ihre Mahlzeit mit ihm zu teilen.

Sobald sie fertig war, gingen sie langsam zur Alm — und es dauerte nicht lange, bis Beret im Bett lag. Die beiden setzten sich vor die Tür. Es fing an, etwas zu regnen, aber das Dach war schützend ringsum weit heruntergezogen, so daß sie nicht naß wurden. Sie saßen wie in einem Zauberkreis. Der Abend war eher dunkel als hell. Sie wechselten gedämpfte Worte, und jedes machte das Gespräch vertraulicher. Zum erstenmal konnten sie sich miteinander unterhalten. Er bat sie herzlich um Verzeihung, weil er nicht daran gedacht habe, daß sie anders sein müsse als er und daß sie ja erst mit ihren Eltern sprechen müsse. Sie gestand ihm ihre Angst ein und sagte, er sei der erste wirklich selbständige Mensch, der ihr begegnet wäre, und das, was sie über ihn gehört hätte, habe ..., sie sprach den Satz nicht zu Ende. Aber ihre bebende Freude verriet alles bis zum leisesten Hauch. Das erste zarte Ineinanderweben ihrer Seelen begann, das, was bei anderen oftmals vorausgeht und die erste Umarmung vorbereitet, bei ihnen aber erst

nachfolgte. Die ersten schüchternen Fragen klangen ins Halbdunkel, die ersten schüchternen Antworten kamen wieder. Zart, leicht wie Daunen, fielen die Worte und wehten ebenso zurück. Da endlich hatte Mildrid den Mut, zögernd, tastend zu fragen, ob er nicht meine, sie

habe sich oft sonderbar benommen. Er versicherte, das habe er nicht gefunden, nein, nicht ein einziges Mal. Ob er nicht gemerkt habe, daß sie gestern während ihres ganzen Beisammenseins geschwiegen habe. Nein, er hatte es nicht bemerkt. Ob er sich nicht darüber gewundert hätte, daß sie jetzt zu ihren Eltern gehen wollte. Nein, er fände es nur in der Ordnung. Ob er nicht geglaubt habe (sie wollte es lange nicht sagen, dann aber tat sie es mit abgewandtem Gesicht und flüsternd), daß sie zu schnell nachgegeben habe. Nein, er habe nur gedacht, wie schön alles gewesen sei. Aber was hatte er sich dabei gedacht, als sie das erstemal weinte? Ja, damals begriff er es nicht, aber jetzt war es ihm klar — und er freute sich darüber, daß sie so und nicht anders war.

Alle diese Antworten machten sie so glücklich, daß sie allein sein mußte. Und da er dies auch gefühlt hatte, erhob er sich ruhig und bat sie, sich schlafen zu legen. Auch sie stand auf. Er nickte und ging langsam zum Stall, wo er übernachten sollte. Sie aber lief in die Hütte, zog sich aus, und erst im Bett faltete sie ihre Hände, dankte Gott — ach, wie sie ihm dankte! Dankte ihm für Hans, für seine Liebe, seine Nachsicht, sein Zartgefühl — sie fand nicht genügend Worte. Dann dankte sie Gott für alles, alles, alles, auch für die Schmerzen, die sie während dieser Tage gefühlt hatte, denn wie war doch dadurch die Freude um so größer geworden! — Dankte für die Einsamkeit dieser Stunden in den Bergen und bat Gott, sie aus ihnen hinaus und hinab zu den Eltern zu geleiten — wandte ihre Gedanken wieder Hans zu und dankte für ihn, ach, wie sie dankte!

Als sie am nächsten Morgen nach draußen kam — Beret schlief noch —, stand Hans auf dem Hof. Der Hund hatte Prügel bekommen: Er hatte ein Schneehuhn aufgestöbert. Nun lag er da und sah ihn bettelnd an. Als Hans Mildrids ansichtig wurde, ließ er den Hund los; der sprang abwechselnd an ihm und an ihr in die Höhe, bellte und begrüßte sie und war wie der lebendige Ausdruck ihres eigenen jungen, strahlenden Glücks. Hans half den Hirtenjungen bei der Morgenarbeit, und als sie endlich bei Tisch saßen, um zu essen, war Beret auch aufgestanden. Jedesmal, wenn Hans Beret ansah, wurde sie rot, und als Mildrid nach dem Frühstück mit seiner Uhrkette spielte, während sie mit ihm sprach, machte Beret, daß sie hinauskam. Sie war schwer zu finden, als man gehen wollte.

»Hör mal, Mildrid«, sagte er, als sie ein Stück gegangen waren. Er kam dichter zu ihr und verlangsamte seinen Schritt. »Ich habe über etwas nachgedacht, das ich dir gestern nicht mehr sagen konnte.« Seine Stimme klang so ernst, daß sie zu ihm aufsah. Er sprach langsam und ohne sie anzublicken: »Ich möchte dich darum bitten, daß du — wenn Gott will, daß wir einander gehören sollen — nach der Hochzeit zu mir ziehst.« Sie wurde rot und antwortete ausweichend: »Was werden Vater und Mutter dazu sagen?« Es dauerte eine Weile, ehe er antwortete: »Ich dachte nicht, daß es so sehr auf sie ankäme, wenn wir beide uns einig sind.« Es war das erstemal, daß er etwas sagte, was ihr weh tat. Sie gab keine Antwort. Er schien darauf zu warten und fuhr schließlich leiser fort: »Ich möchte, daß wir beide für uns bleiben — um uns aneinander zu gewöhnen.« Jetzt fing sie an, ihn besser zu verstehen, aber sie konnte nicht antworten. Er ging wie bisher, langsam und ohne sie anzublicken, jetzt schwieg er vollständig. Sie fühlte sich unsicher und sah forschend zu ihm auf. Er war ganz blaß. »Aber Hans!« rief sie und blieb stehen, ohne daß es ihr bewußt wurde. Hans hielt auch inne, betrachtete flüchtig sie

und dann sein Gewehr, das er abgenommen hatte und nun hin und her drehte. »Kannst du nicht mit mir heimkommen?« Der Ton war gedämpft, aber sein Blick war auf einmal offen und fest. »Ja, ich kann!« beeilte sie sich zu antworten. Ruhig hielt sie seinem Blick stand, eine Röte flog über seine Wangen, er nahm das Gewehr in die linke Hand und reichte ihr die rechte. »Danke!« flüsterte er und drückte ihre Hand fest. Sie gingen weiter.

Den einzigen Gedanken, den sie dabei hatte, spann sie weiter aus, und endlich konnte sie nicht mehr an sich halten: »Du kennst meine Eltern nicht.« Erst nach einer Weile kam seine Antwort: »Nein — aber wenn du mit zu mir heimkommst, habe ich ja Zeit, sie kennenzulernen.« — »Sie sind so gut«, fügte sie hinzu. — »Das habe ich von allen Seiten gehört.« Er sagte es bestimmt, aber kalt.

Ehe sie noch einen Gedanken fassen oder etwas anderes sagen konnte, begann er zu erzählen, von seinem Heim, von seinen Geschwistern, von der Not, aus der sie sich emporgearbeitet hatten, von der Tüchtigkeit seiner Geschwister, ihrer Treue, ihrer Fröhlichkeit, von den Touristen und der Arbeit, die sie mit ihnen hätten, von den Häusern und besonders von dem neuen Gebäude, das er jetzt bauen und in dem sie beide leben wollten — und daß sie nun über dies alles herrschen sollte. Aber sie würde auch bei allem Hilfe finden, ja, jeder würde sie auf Händen tragen, ganz besonders er selber! Bei seiner Erzählung gingen sie schneller. Er sprach mit Wärme, kam dichter an sie heran und ging schließlich Hand in Hand mit ihr.

Und wirklich: Seine Liebe zu seinem Besitz und den Seinen machte Eindruck auf sie, das Unbekannte lockte: Aber etwas blieb zurück, etwas, was sie wie ein Unrecht gegen ihre herzensguten Eltern empfand. Darum fing sie wieder an. »Du, Hans! Mutter und Vater sind ältere Leute: Sie haben viel durchgemacht — sie brauchen Hilfe. Sie haben schwer gearbeitet ...« Sie wollte oder konnte nicht weitersprechen. Er ging langsam und sah sie lächelnd an. »Mildrid, du meinst, sie hätten dir den Hof zugedacht?« Sie wurde rot, antwortete aber nicht. — »Nun ja — alles zu seiner Zeit. Wünschen sie eines Tages, daß wir sie ablösen, dann sind sie es, die uns darum bitten müssen.« — Er sagte es liebevoll, aber sie spürte wohl, was dahintersteckte. Schüchtern, wie sie war, und gewohnt, ihre eigenen Wünsche hintanzusetzen, fügte sie sich. Nach einer Weile aber gelangten sie an die Stelle, von der aus sie Tingvold unten liegen sahen. Und da ließ sie ihren Blick vom Hof zu ihm gehen, als sollte jener für sich selbst sprechen! Die weiten, lichten Hänge, von Wald eingerahmt, die stillen, groß und fest gefügten Häuser, halb von der Sonne beschienen, nahmen sich herrlich aus. Unten lag das Tal, durch das sich der Elv brausend wand, Hof um Hof die Ebene entlang und weiter auf der anderen Bergseite, und Hof und Hof auf dieser Seite. Aber keiner, kein einziger wie Tingvold, keiner so stattlich, keiner so ansehnlich, keiner so in seiner eigenen Beschaulichkeit ruhend und doch so nach allen Seiten strahlend! Als sie sah, daß der Anblick Eindruck auf ihn machte, errötete sie vor Freude. »Ja«, antwortete er, denn sie hatte ja gefragt. »Ja, es stimmt, Tingvold ist ein schöner Hof, er hat kaum seinesgleichen!« Er lächelte und beugte sich zu ihr: »Aber dich, Mildrid, liebe ich mehr als Tingvold — vielleicht liebst auch du mich mehr als Tingvold?« — Wenn er es so auffaßte, blieb ihr nichts weiter übrig, als zu schweigen. Er sah so

froh aus! Und nun setzte er sich und sie daneben. »Jetzt will ich dir etwas vorsingen«, flüsterte er. — Sie war glücklich. »Ich habe dich noch nie singen hören«, sagte sie. — »Nein, das hast du nicht, und wenn man auch davon spricht, mußt du nicht glauben, daß es etwas Besonderes ist. Mit meinem Gesang ist es nur so, daß ich manchmal das Gefühl habe: Jetzt muß ich singen!« Und nachdem er eine lange Weile nachdenklich dagesessen hatte, sang er das Lied von ihrer Brautfahrt zur Melodie des Familienreigens vor. Ganz leise sang er, aber einen solchen Jubel in einer Stimme hatte sie noch nie gehört! Der Hof lag vor ihr, der Hof, von dem aus sie zur Kirche fahren sollten. Sie verfolgte den Weg mit den Augen, ganz bis zur Brücke über den Elv, verfolgte dann den Weg auf der anderen Seite bis zur Kirche auf dem Hügel im Birkenhain, um die sich die Höfe drängten. Das Bild leuchtete nicht, denn der Tag war nicht klar, aber so paßte es am besten zu ihrer gedämpften inneren Freude. Wie viele hundert Male hatte sie diese Fahrt nicht in Gedanken gemacht, nur hatte sie bisher nicht gewußt, mit wem! Wort und Ton schlugen sie in ihren Bann. Die seltsam warme, leise Stimme rührte an ihre tiefsten Gefühle. Ihre Augen standen voller Tränen, aber sie weinte nicht. Sie hatte ihre Hand auf die seine gelegt und wandte ihren Blick bald ihm zu, bald hinunter ins Tal, und als in diesem Augenblick Rauch vom ersten Herdfeuer aus dem Schornstein ihres Elternhauses stieg, nahm sie es als ein Zeichen. Sie wandte sich um und wies darauf. Hans war gerade fertig mit seinem Lied, blieb aber sitzen und schaute hin.

Kurz darauf waren sie wieder auf dem Weg hinab durch den Birkenwald, und Hans hatte seine liebe Not damit, den Hund ruhig zu halten. Mildrid bekam Herzklopfen. Er versprach ihr, in der Nähe zu bleiben, aber hineingehen müsse sie allein. Er trug sie über ein paar sumpfige Stellen, und dabei merkte er, daß ihre Hand feucht war. »Denk nicht an das, was du sagen willst«, flüsterte er. »Laß es kommen, wie es gerade will.« Sie erwiderte keine Silbe, sah ihn auch nicht an. Sie traten jetzt aus dem Wald, der hier aus großen, ehrwürdigen Kiefern bestand, unter denen sie langsam dahingegangen waren, während er ihr leise von der Werbung ihres Urgroßvaters um seine Tante Aslaug erzählt hatte, alte, wunderliche Geschichten, die sie nur halb hörte, die ihr aber doch Mut einflößten. Sie kamen aus dem Wald ins Licht der Wiesen und Äcker, und nun schwieg auch er. Jetzt blickte sie ihn an, und ihre Angst war so deutlich und groß, daß ihm dabei ganz elend wurde. Er konnte ihr mit keinem Wort helfen, dafür war es zu sehr seine eigene Sache. Sie gingen Seite an Seite. Ein Gebüsch, den Häusern gegenüber, verbarg sie den Bewohnern. Als sie so weit gelangt waren, daß er meinte, sie müsse nun allein weitergehen, pfiff er leise nach dem Hund, und das verstand sie als ein Zeichen, daß sie sich trennen müßten. Sie blieb stehen und sah so unglücklich und verlassen aus, daß er flüstern mußte: »Nun will ich hier für dich beten, Mildrid! — Und ich werde kommen, wenn du mich nötig hast!« Sie warf ihm einen dankbaren, aber etwas zerstreuten Blick zu, denn sie konnte weder klar denken noch sehen. Und dann ging sie. Sobald sie an den Büschen vorüber war, sah sie direkt in die große Stube des Wohnhauses, ja quer hindurch, denn die Stube hatte auf beiden Seiten Fenster, sowohl zum

Wald hinauf als zum Dorf hinunter. Hans hielt es für das beste, sich mit dem Hund zur Seite hinter den nächsten Busch zu setzen. Er konnte ebenso wie sie alles in der Stube erkennen, aber jetzt war die Stube leer. Als Mildrid an die Scheune kam, sah sie sich noch einmal um. Da nickte er ihr zu. Sie bog um die Scheune — und verschwand auf dem Hofplatz.

Hier zeigte sich alles in alter, gewohnter Ordnung, überall war es still. Ein paar Hühner spazierten auf der Langbrücke. An der Wand des Vorratshauses war inzwischen Brennholz aufgestapelt worden, sonst bemerkte sie keine Verän-

derung. Sie wollte nach rechts, zum Haus der Großmutter abbiegen. Aus Angst wollte sie wohl vor der Aussprache mit den Eltern noch eine Frist haben. Aber in der Mitte zwischen beiden Gebäuden, am Hauklotz, stand ihr Vater und schäftete eine Axt. Er stand da, wie immer die Hosenträger über seinem gestrickten Sweater. Sein Kopf war unbedeckt, das dünne, lange Haar flog ihm in der Brise, die gerade jetzt vom Tal heraufzuwehen begann, in die Stirn. Er sah frisch, fast vergnügt bei der Arbeit aus, so daß sein Anblick ihr Mut gab. Er bemerkte sie nicht, leise und vorsichtig ging sie über die Fliesen. Sie flüsterte: »Guten Tag!« Einen Augenblick sah er sie verwundert an. »Nanu, du hier? — Ist etwas passiert?« fügte er rasch hinzu und sah sie forschend an. »Nein«, sagte sie und errötete leicht. Aber seine Augen blieben auf die ihren gerichtet, und sie schlug sie nicht auf. Er legte die Axt hin. »Laß uns zu Mutter hineingehen«, sagte er. Auf dem Wege ins Haus fragte er, wie es auf der Alm stände, und erhielt zufriedenstellende Auskunft. Nun sieht Hans uns hineingehen, dachte Mildrid, als sie zwischen der Scheune und einigen dicht beieinanderstehenden kleinen Nebengebäuden auf der anderen Seite hindurchgingen. Als sie die Stube betraten, ging er zur Küchentür und öffnete sie. »Komm herein, Mutter«, sagte er durch die Tür, »Mildrid ist hier.« — »Ach, du lieber Gott, ist etwas passiert?« kam die Antwort aus der Küche.

»Nein«, antwortete Mildrid hinter ihrem Vater und erschien nun selber in der Tür, ging dann zur Mutter hinaus, die vor dem Herd saß und Kartoffeln schälte. Die Mutter schaute Mildrid jetzt ebenso forschend an wie vorher der Vater, und ihr Blick hatte die gleiche Wirkung. Randi erhob sich, nachdem sie die Schüssel abgesetzt hatte, ging zur Tür auf der anderen Seite, sagte etwas nach draußen, kam dann wieder, band die Schürze ab, wusch ihre Hände und trat zu ihnen. Sie gingen alle drei in die Stube.

Mildrid kannte ja ihre Eltern, sie wußte also: Diese Vorbereitungen deuteten darauf, daß sie etwas Ungewöhnliches erwarteten. Sie hatte schon vorher nicht viel Mut gehabt, und jetzt sank er noch mehr. Der Vater setzte sich auf den Hochsitz, also direkt vor das entfernteste Fenster, das auf der Seite zum Dorf lag. Die Mutter hatte auf derselben Bank Platz genommen, aber dichter bei der Küche. Mildrid setzte sich auf den Vordersitz, das heißt auf die Langbank vor dem Tisch. Da konnte Hans sie sehen, er konnte auch ihrem Vater direkt ins Gesicht sehen, kaum aber der Mutter.

Die Mutter fragte, wie vorher der Vater, nach

der Arbeit auf der Alm und erhielt den gleichen Bescheid, sogar noch etwas ausführlicher, denn sie stellte genauere Fragen. Obgleich es offensichtlich war, daß beide Teile das Gespräch in die Länge zogen, hatte sich das Thema doch bald erschöpft. In der Stille, die entstand, hefteten beide Eltern ihre Augen auf Mildrid, und diese wich aus und fragte nach Neuigkeiten aus der Gemeinde. Obwohl auch dieses Thema soweit wie möglich ausgesponnen wurde, nahm es ebenfalls einmal ein Ende. Die gleiche Stille, die gleichen erwartungsvollen Blicke auf die Tochter. Die hatte nichts mehr zu fragen, fing aber an, mit der flachen Hand über die Bank zu streichen, auf der sie saß. — »Bist du bei Großmutter gewesen?« fragte die Mutter, die allmählich unruhig wurde. — Nein, das war sie nicht. Darin lag ein Zugeständnis, daß die Tochter hier ein bestimmtes Anliegen hatte, und jetzt konnte sie es nicht gut länger verschweigen. — »Ich habe noch etwas auf dem Herzen, das ich sagen muß«, brachte sie endlich mit niedergeschlagenen Augen heraus und wechselte ständig die Farbe. Die Eltern sahen sie besorgt an. Mildrid hob den Kopf mit großen, flehenden

Augen. »Was denn, mein Kind?« entgegnete die Mutter voller Angst. — »Ich habe mich verlobt«, sagte Mildrid, senkte den Kopf und brach in Weinen aus.

Nichts hätte den kleinen, stillen Kreis heftiger erschüttern können! Blaß, stumm sahen die Eltern einander an. Die verläßliche, sanfte Mildrid, für deren bedächtiges Wesen und Gehorsam die Eltern Gott so dankbar gewesen waren, hatte ohne ihren Rat, ohne ihr Wissen den wichtigsten Schritt ihres Lebens vorgenommen — den, der auch die Vergangenheit und Zukunft ihrer Eltern entschied. Mildrid ahnte im gleichen Augenblick jeden Gedanken, den die beiden sich machten, und aus Angst hörte sie auf zu weinen. Freundlich, ruhig fragte der Vater: »Mit wem denn, mein Kind?« — Nach einer langen Pause kam die geflüsterte Antwort: »Mit Hans Haugen.«

Seit über zwanzig Jahren war in diesem Hause wohl weder ein Name noch irgendein Ereignis von Haugen erwähnt worden. In den Augen der Eltern war von Haugen nur Unglück über diesen Hof gekommen. Abermals erriet Mildrid ihre Gedanken. Sie saß unbeweglich in

Erwartung ihres Urteils. Aber freundlich und ruhig sagte der Vater: »Wir kennen diesen Mann nicht — weder ich noch deine Mutter. — Wir wußten auch nicht, daß du ihn kennst.« — »Nein, ich kannte ihn auch gar nicht«, sagte Mildrid. Die erstaunten Eltern blickten sich an. »Wie war es dann möglich?« Es war die Mutter, die fragte. »Ja, das weiß ich selber nicht«, sagte Mildrid. — »Aber, liebes Kind, man müßte sich doch in der Gewalt haben.« Mildrid antwortete nicht. — »Wir nahmen an«, fügte ihr Vater friedfertig hinzu, »daß wir uns wohl auf dich verlassen könnten.« Mildrid gab keine Antwort. — »Aber wie war es möglich?« wiederholte die Mutter eindringlicher. »Das mußt du doch wissen!« — »Nein, das weiß ich nicht — ich weiß nur, daß ich nicht anders konnte — nein, ich konnte nicht.« Sie saß da und hielt sich mit beiden Händen an der Bank fest. — »Gott steh dir bei, was hast du dir nur dabei gedacht?« Mildrid blieb die Antwort schuldig. Da lenkte der Vater wieder ein. In freundlicher Ruhe fragte er: »Warum sprachst du nicht mit einem von uns darüber, mein Kind?« Auch die Mutter beherrschte sich und sagte ruhig: »Du weißt doch, wie lieb wir unsere Kinder haben, wir, die ein so einsames Leben hatten — und, das dürfen wir wohl sagen, besonders dich, Mildrid, denn du hast uns am meisten bedeutet.« — Mildrid wußte nicht mehr, wie sie sitzen sollte. — »Wir dachten nicht, daß du uns so verlassen würdest.« Es war der Vater, der dies sagte. Wenn auch die Worte leise gesprochen wurden, so taten sie nicht weniger weh. — »Ich will euch ja nicht verlassen«, stammelte sie. — »Das kannst du nicht sagen«, antwortete er, ernster als vorher, »denn du hast uns ja schon verlassen.« — Mildrid fühlte, wie recht er hatte, und doch hatte er nicht recht; aber sie konnte es nicht erklären. Die Mutter sagte: »Was hat es nun genützt, daß wir unsere Kinder mit Liebe und Gottesfurcht umgeben haben? — Bei der ersten Gelegenheit —«, um der Tochter willen wollte sie nicht weitersprechen. Aber jetzt konnte Mildrid es nicht mehr aushalten: „Ich will euch nicht verlassen — ich will euch nicht weh tun — ich konnte nur nicht anders — nein, ich konnte nicht!« Sie barg ihr Gesicht in ihren Arm auf dem Tisch, dem Vater zugewandt, und schluchzte.

Ihre Eltern brachten es beide nicht fertig, auf die Reue, die sie zu fühlen schien, auch nur ein vorwurfsvolles Wort zu häufen. Darum blieb es

still. So hätte es noch lange bleiben können, aber Hans Haugen erkannte von dort, wo er saß, daß er Mildrid jetzt zu Hilfe kommen müßte. Sein Jägerauge hatte jede Miene beobachtet und ihren inneren Kampf erkannt. Jetzt sah er, wie sie den Kopf auf den Tisch legte, und er sprang auf. Bald hörte man seinen leichten Schritt auf der Diele. Er klopfte an. Alle blickten auf, aber keiner sagte: »Herein!« Mildrid erhob sich halb mit rotgeweinten Augen. Die Tür ging auf, Hans, mit Gewehr und Hund, stand blaß, aber ruhig darin, drehte sich um und schloß sie, während der Hund wedelnd zu Mildrid kam. Hans war zu sehr in Anspruch genommen, um zu bemerken, daß ihm der Hund gefolgt war.

»Guten Tag!« sagte er. Mildrid sank auf ihren Platz zurück, atmete erleichtert auf und sah ihn erlöst an. Ihre Angst, ihr schlechtes Gewissen waren verschwunden, sie hatte ja recht, ja, sie hatte recht. — Nun mochte kommen, was wollte!

Keiner hatte seinen Gruß erwidert, auch bat ihn niemand, näher zu treten. »Ich bin Hans Haugen«, sagte er leise, nahm das Gewehr von der Schulter, stand da und hielt es fest. Nachdem die Eltern sich ein paarmal vielsagend angesehen hatten, fuhr er etwas unsicher fort: »Ich begleitete Mildrid hierher — wenn sie unrecht getan hat, ist es meine Schuld.« — Sie mußten etwas sagen; die Mutter blickte den Vater an, und der sagte endlich, dies sei alles ohne ihr Wissen geschehen, und Mildrid könne ihnen keine Erklärung dafür geben, wie es gekommen sei. Hans antwortete, daß auch er es nicht erklären könne. »Ich bin kein kleiner Junge mehr«, sagte er, »denn ich bin achtundzwanzig Jahre alt, und trotzdem kam das alles so, daß ich, der ich mich noch nie um ein Mädchen gekümmert habe, daß ich seit dem Augenblick, da ich sie sah, an nichts anderes in der Welt mehr denken konnte. Hätte sie nein gesagt — ja, ich weiß nicht —, dann wäre in Zukunft wohl nicht mehr viel mit mir anzufangen gewesen.« — Die ruhige, offene Art, in der er dies sagte, tat gut. Mildrid zitterte vor Aufregung, denn sie spürte, daß die Sache nun in ein anderes Licht gerückt war. Er hatte die Mütze aufbehalten, denn es war hier im Tal nicht üblich, daß ein Fremder die Mütze abnahm, wenn er eintrat. Aber jetzt nahm er sie unwillkürlich vom Kopfe, hängte sie über die Gewehrmündung und legte die Hand darauf. Der junge Mann hatte etwas an sich, das Achtung verlangte. »Mildrid ist so jung«, sagte die Mutter, »und keiner von uns hätte gedacht, daß sie jetzt schon mit so etwas anfangen würde.« — »Das kann wohl sein — aber dafür bin ich ja um so älter«, antwortete er, »die ganze Wirtschaft bei mir zu Haus ist nicht erheblich, damit wird sie keine Not haben — und ich habe genügend andere Hilfe.« — Die Eltern sahen erst sich, dann Mildrid, dann ihn an. »Soll sie denn mit dir kommen?« fragte der Vater ungläubig, fast etwas höhnisch. »Ja«, sagte Hans, »ich will ja nicht den Hof heiraten.« Er wurde rot, ebenso wie Mildrid.

Wenn der Hof in der Erde versunken wäre, hätten die Eltern nicht erstaunter sein können als darüber, daß er verschmäht wurde — und daß Mildrid schwieg, bewies ihnen, daß sie mit Hans einig war. Es war ja so, daß dieser Entschluß der Jungen die Eltern mit ihrer Entscheidung unwillkürlich etwas in den Hintergrund rückte. Sie fühlten sich gedemütigt. »Du hast uns doch erklärt, du wolltest uns nicht verlassen«, bemerkte die Mutter mit stillem Vorwurf, und das traf. Aber Hans kam ihr zu Hilfe. »Euch verlassen? Jedes Kind, das heiratet, muß wohl seine Eltern verlassen.« Er lächelte und fuhr verbindlich fort: »Der Weg ist ja nicht weit. Von hier bis Haugen ist es nicht viel mehr als dreiviertel Meilen.« Aber es sind ja nicht eigentlich die Worte, auf die es in solchen Augenblicken ankommt; die Gedanken gehen trotz allem ihren eigenen Weg. Die Eltern fühlten sich verlassen, ja, verraten durch den Entschluß der Jungen. Daß sich auf Haugen gut leben ließ, wußten sie wohl, die Touristen, die dort gewesen waren, hatten den Ort zu Ansehen gebracht. Man hatte sogar in den Zeitungen davon geschrieben. — Aber Haugen war schließlich Haugen, und daß Mildrid, ihr liebstes Kind, den Weg der Familie nach Haugen zurückgehen wollte, das war zuviel! Unter solchen Umständen wären andere vielleicht böse geworden, aber diese beiden wünschten nichts, als in aller Ruhe über das hinwegzukommen, was ihnen unangenehm war. Darum wechselten sie einen verständnisvollen Blick, und der Vater sagte ausweichend: »Dies ist zuviel auf einmal, darauf können wir jetzt noch nicht gut antworten.« — »Nein«, sagte auch die Mutter, »wir waren auf eine so wichtige Mitteilung — und auf die Art, wie sie zu uns kam — nicht vorbereitet.« Hans wartete etwas, ehe er sagte: »Es ist wohl so, daß Mildrid ihre Eltern erst hätte fragen müssen. Aber nachdem nun keiner von uns etwas davon wußte, ehe es zu spät war — so ging es nämlich —, da blieb uns nichts anderes übrig, als gleich zu kommen, beide, und das haben wir getan. — Ihr dürft es nicht zu schwer nehmen.«

Demnach war im Grunde nichts gegen ihr Verhalten einzuwenden, und die ruhige Art, die er an den Tag legte, machte das Gesagte noch überzeugender. Im ganzen fühlte der Vater, daß er nichts gegen ihn hatte, und bei seinem geringen Selbstvertrauen wollte er deshalb die Entscheidung um so lieber von sich wälzen. »Wir kennen dich ja nicht«, sagte er und sah seine Frau an. »Wir müssen es uns überlegen.« — »Ja, das ist wohl das beste«, meinte Randi, »denn wir müssen ja den kennen, dem wir unser Kind anvertrauen sollen.« Mildrid empfand die Kränkung in dieser Antwort und warf Hans einen flehenden Blick zu. »Das stimmt«, antwortete Hans und fing an, das Gewehr in der Hand zu drehen. »Wenn ich auch nicht glaube, daß es viele in der Gemeinde gibt, die besser bekannt sind als ich. Aber vielleicht hat jemand etwas Schlechtes über mich geredet?« Er sah zu ihnen

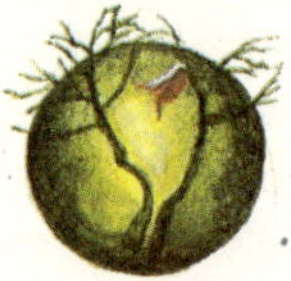

auf. Mildrid schämte sich für ihre Eltern, und die fühlten selbst, daß sie vielleicht Argwohn erregt hätten, und das wollten sie nicht. »Nein, wir haben nichts Schlechtes über dich gehört«, sagten sie darum wie aus einem Munde, und die Mutter fügte schleunigst hinzu, es wäre ja wirklich so, daß sie ihn überhaupt nicht kennten, denn sie hätten sich ja so wenig um die Leute auf Haugen gekümmert. — Sie sagte das keineswegs in böser Absicht, aber sobald die Worte über ihre Lippen gekommen waren, wußte sie, wie wenig glücklich sie sich ausgedrückt hatte, und sie merkte sowohl ihrem Mann als auch Mildrid an, daß die gleicher Meinung waren. Die Antwort ließ eine Weile auf sich warten. — »Wenn die Familie auf Tingvold sich nicht um die Leute auf Haugen gekümmert hat, so ist das nicht unsere Schuld — denn wir sind bis vor wenigen Jahren arme Leute gewesen.« — In diesen wenigen Worten lag ein Vorwurf, dessen Berechtigung alle drei zutiefst empfanden. Aber verschüchtert, wie sie waren, und von ihrem Kummer in Anspruch genommen, war es weder dem Mann noch der Frau bisher eingefallen, daß sie hier eine Pflicht versäumt hätten. Noch nie hatten sie darüber nachgedacht, daß die armen Verwandten auf Haugen unter ihrem Unglück nicht hätten leiden dürfen. Denn daran waren sie ja völlig unschuldig. Heimlich warfen sie sich verschämte

Blicke zu und beugten dann ehrlich beschämt das Haupt. Hans hatte es schonend gesagt, obwohl die Antwort der Frau ihn gereizt haben mußte. Darum fühlten beide, daß sie einen braven Burschen vor sich hatten und daß hier in doppelter Hinsicht etwas wiedergutgemacht werden mußte. So kam es denn, daß der Vater sagte: »Laß uns die Sache in Ruhe überlegen. Kannst du nicht hierbleiben und mit uns zu Mittag essen? Dann können wir immer noch etwas miteinander reden.« — »Du kannst dich ja

hier zu uns setzen«, fügte die Mutter hinzu. Beide erhoben sich. Hans stellte das Gewehr mit der Mütze an die Wand und ging zu der Bank, auf der Mildrid saß. Sie stand sofort auf, sie wußte selber nicht, warum. Die Mutter meinte, es sei wohl am besten, sich um die Küche zu kümmern, und ging. Der Vater wollte ihr folgen, aber Mildrid wünschte nicht, mit

Hans allein zu bleiben, solange die Eltern ihr Einverständnis verweigerten. Darum ging sie zur anderen Tür hinaus. Die beiden Männer sahen sie über den Hof zum Haus der Großmutter gehen. Nun konnte der Vater Hans nicht mehr allein lassen, er drehte sich um und setzte sich wieder.

Die beiden unterhielten sich über belanglose Dinge; zuerst über die Jagd und die Almwirtschaft oben in den Bergen und über ihre Einnahmen daraus, dann kamen sie auf Haugen und die Touristen zu sprechen, auf die Hofwirtschaft da oben, und aus dem Ganzen erhielt der Vater den Eindruck, daß jetzt auf Haugen Wohlstand und reges Leben herrschten. Bei den Vorbereitungen zum Mittagessen kam die Mutter ab und zu herein, so daß sie oft zuhörte, und man merkte den beiden Alten an, daß sie ihre Zurückhaltung aufgaben und mehr Vertrauen faßten, denn ihre Fragen wurden persönlicher.

Sie beobachteten, wie gewandt sich Hans beim Mittagessen benahm. Er saß an der Wand, Mildrid und ihrer Mutter gegenüber. Der Vater saß am Ende des Tisches im Hochsitz. Das Gesinde hatte schon vorher in der Küche gegessen, wo auch die Familie gewöhnlich mit ihm zusammen aß. Aber heute wollten sie sich wohl nicht gern mit Hans zeigen. Bei Tisch spürte Mildrid, daß die Mutter sie ansah, wenn Hans lachte. Er hatte einen ernsten Zug im Gesicht, der sich aber aufhellte, wenn er lachte. Viele derartige Eindrücke sammelte Mildrid zu dem Bild, das sie ihren Eltern gern vermittelt hätte. Aber sie war ihrer Sache doch nicht so sicher, und die gespannte Atmosphäre in der Stube wurde ihr so drückend, daß sie am liebsten hinausgegangen wäre. Deshalb ging sie sofort nach Tisch wieder zur Großmutter.

Die Männer machten einen Rundgang durch den Hof, aber so, daß sie nicht dahin kamen, wo das Gesinde sich aufhielt, und auch nicht dahin, wo die Großmutter sie sehen konnte. Später setzten sie sich wieder in die Stube, und jetzt war auch die Mutter fertig und konnte bei ihnen bleiben. Die Unterhaltung wurde allmählich vertraulicher, und als sie sich nähergekommen waren — aber tatsächlich nicht vor Anbruch des Abends —, wagte die Mutter, ihn darum zu bitten, daß er doch erzählen solle, wie es zwischen ihm und Mildrid angefangen hätte.

Mildrid selbst habe es ja nicht erklären können. Vielleicht war es hauptsächlich weibliche Neugier, daß die Mutter so fragte, Hans aber war diese Frage außerordentlich willkommen.

Er erzählte ausführlich und voll innerer Freude. Die Eltern fühlten sich sofort mitgerissen. Aber als er auf den vorigen Tag zu sprechen kam, auf Beret, die ihn im Eilmarsch geholt hatte, weil Mildrid um ihrer Eltern willen Seelenqualen litt, und als er Mildrid selbst erwähnte und ihre wachsende Reue darüber schilderte, daß die Eltern nichts wüßten: als er ihre Flucht zu ihnen ins Tal schilderte und wie sie sich, an Leib und Seele erschöpft, ausruhen mußte und eingeschlafen war, verlassen und unglücklich — da erkannten die Eltern ihr Kind wieder. Da fühlten sie, besonders die Mutter, daß sie vorher zu streng gewesen waren.

Aber während der junge Mann von Mildrid erzählte, sprach er ja, ohne es zu wissen, von sich selbst, denn Hans' Liebe zu Mildrid leuchtete aus jedem seiner Worte und machte ihre Eltern froh. Schließlich fühlte er es und freute sich selbst darüber, und die beiden, die ruhige Offenheit und Selbstvertrauen nicht gewohnt waren, lebten sichtlich auf. Dieses Gefühl steigerte sich noch, so daß die Mutter ihn unwillkürlich anlachte und fragte: »Ihr seid wohl schon bis zur Hochzeit gekommen, ihr beiden, könnte ich mir denken — ehe einer von uns gefragt wurde?« Der Vater lachte auch, und Hans antwortete, da sich die Gelegenheit bot, indem er eine Strophe aus dem Hochzeitsreigen sang:

»Spiel uns auf, spiel zum Glück, denn es eilt für uns zwei!« — und lachte. Er war aber bescheiden genug, rasch ein anderes Thema anzuschneiden, denn zufällig sah er Randi an und bemerkte, daß sie ganz blaß geworden war. Blitzartig wurde Hans klar, daß er etwas Verkehrtes getan hatte, als er an dieses Lied erinnerte. Endrid blickte seine Frau ängstlich an, deren steigende Erregung so unerträglich wurde, daß sie es drinnen nicht mehr aushalten konnte. Sie stand auf und ging.

»Jetzt habe ich wohl etwas angerichtet«, sagte Hans erschrocken. — Der Mann antwortete nicht. Ganz unglücklich erhob sich Hans, um ihr nachzugehen und sie um Entschuldigung zu bitten, setzte sich aber wieder und versicherte, er habe sich ganz und gar nichts Böses dabei gedacht. »Ach, du konntest wohl nicht so gut Bescheid wissen«, antwortete Endrid. – »Kannst du nicht zu ihr gehen und es wieder in Ordnung bringen?« Er hatte solch Vertrauen zu

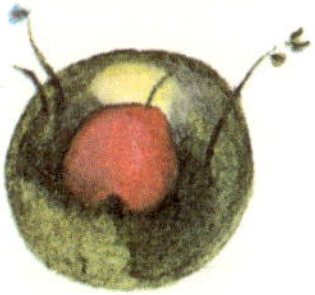

diesem Mann gefaßt, daß er ihn um alles zu bitten wagte. Aber Endrid antwortete: »Nein, laß sie allein damit fertig werden, ich kenne sie.« Hans, der sich soeben noch am Ziel seiner sehnlichsten Wünsche gesehen hatte, fühlte sich tief enttäuscht und konnte nicht auf andere Gedanken kommen, obwohl der Vater sich geduldig darum bemühte. Der Hund half ihm, indem er zu ihnen kam, denn Endrid erkundigte sich eingehend nach dem Tier und erzählte dann mit großem Stolz von einem Hund, der ihm selber gehört hatte und mit dem er sich viel beschäftigt hatte, wie es einsame Leute gern tun.

Randi war vor die Tür gegangen und hatte sich dort auf die Steinstufe gesetzt. Die Heiratsabsichten ihrer Tochter brachten es ja mit sich, daß der Hochzeitsreigen ihre Erinnerungen noch quälender aufrührte. Sie hatte sich den Mann, den sie liebte, nicht selber ausgesucht wie die Tochter! Die Schande ihres Kirchganges war ja gerechtfertigt gewesen. Und diese Schande, die Trauer und der Verlust der Kinder, Leiden und Kämpfe langer Jahre stürmten wieder auf sie ein. So viel sie auch in der Bibel gelesen und wegen dieser Nöte gebetet hatte, es hatte alles nichts genützt. Sie war bis ins tiefste aufgewühlt! Ihre Empörung darüber, daß ihr so etwas widerfahren konnte, brachte sie zur Verzweiflung, zwang sie erneut zu heftigen Selbstanklagen. Wieder empfand sie den Hohn der Gemeinde wegen ihres heuchlerischen Kirchganges. Wieder fiel sie in selbstquälerische Vorwürfe über ihre eigene Erbärmlichkeit: daß sie damals das Weinen nicht unterdrücken konnte und jetzt nicht die Erinnerungen — daß sie wegen ihrer Unbeherrschtheit ihre Eltern in ein falsches Licht gesetzt, ihre eigene Gesundheit untergraben und dadurch die Kinder, die sie trug, getötet hatte — endlich, daß sie zu allem Unglück das Leben eines liebenswerten

Mannes verbittert und eine Frömmigkeit geheuchelt hatte, die nicht echt war, denn das war ihr nun klar! Nein, daß ihr dies noch einmal passieren konnte — daß sie um nichts weitergekommen war! Es wurde ihr klar: verletzte Eitelkeit steckte sowohl hinter dem Weinen beim Kirchgang als auch hinter der qualvollen Erbitterung, die seitdem ihre Jugend und die Gesundheit ihrer Mutterschaft untergraben hatten. Verletzte Eitelkeit war es, warum sie jetzt weinte. Die konnte sie, wann immer es sein sollte, von Gott entfernen, vom ewigen und vom irdischen Glück. Sie fühlte sich so erbärmlich, so erbärmlich fühlte sie sich, daß sie nicht wagte, ihren Blick zu Gott zu erheben, denn wie unaufrichtig war sie ihm gegenüber gewesen! Aber warum, mußte sie sich selber fragen, warum war sie gerade jetzt erlegen, jetzt, wo die Tochter sich in vollem Vertrauen, in überströmendem Glück verschenkt hatte — warum mußte gerade jetzt all das Häßliche wieder erweckt werden, das ihre Seele vergiftet hatte? War sie auf Mildrid neidisch? Neidisch auf ihre eigene Tochter? Nein, das war sie nicht, das fühlte sie — und sie faßte wieder neue Hoffnung! Nun würde die Tochter ihre eigene Sünde wiedergutmachen, war das nicht ein herrlicher Gedanke? Konnten Kinder das? Ja, so wahr sie ein Werk unserer selbst waren, konnten sie das. Aber dann müßten wir ihnen auch helfen in Reue und Dankbarkeit! — Und ehe es Randi bewußt wurde, konnte sie wieder beten, sich in tiefer Demut und Zerknirschung vor dem Herrn beugen, der ihr wieder gezeigt hatte, was sie ohne ihn war. Sie bat um Gnade, so wie der betet, der um sein Leben fleht, denn jetzt wurde ihr das Leben noch einmal geschenkt, das fühlte sie! Jetzt war ihre Schuld gestrichen. Dies war die letzte Abrechnung gewesen, sie hatte ihre Kräfte nur überstiegen! Und sie erhob sich und blickte tränenüberströmt nach oben: Sie kannte sich gut, es gab einen, der die Schmerzen von ihr genommen hatte! Hatte sie dies nicht oft auch schon früher gefühlt? Nein, niemals wie jetzt, erst hiermit war der Sieg errungen! Sie ging vorwärts, und sie erkannte: Jetzt war sie wieder sie selbst! Etwas war zersprungen, das sie bisher gelähmt hatte — bei jeder Bewegung merkte sie, daß sie jetzt frei war an Leib und Seele! — Hatte sie nächst Gott ihrer Tochter dafür zu danken, dann sollte die auch in vollen Zügen ihr Glück genießen dürfen! Sie betrat die Diele von Großmutters Haus. Aber drinnen erkannte niemand ihren Schritt. Sie ergriff die Klinke und öffnete, als wäre sie eine Fremde. »Mildrid, komm her!« sagte sie. Und Mildrid und die Großmutter sahen sich an, denn Randi war ja nicht wiederzuerkennen. — Mildrid lief zu ihr: Was war geschehen? — Die Mutter schob sie hinaus, schloß die Tür hinter ihr, so daß sie allein waren, und dann fiel sie ihr um den Hals und weinte und weinte. Sie umarmte Mildrid mit einer Kraft und Inbrunst, die das Mädchen im Hochgefühl ihrer Liebe so recht von Herzen erwidern konnte. »Gott segne und behüte dich!« flüsterte die Mutter.

Die beiden in der Stube sahen sie Hand in Hand über den Hof kommen, und zwar so schnell, daß sie manches ahnten. Die Tür ging auf, und beide traten ein. Aber statt sie dem Bräutigam zuzuführen oder zum Vater oder zu ihm etwas zu sagen, zog Randi ihre Tochter in neu ausbrechender Rührung noch einmal an sich: »Gott segne und behüte dich!«

Bald darauf saßen alle vier in Großmutters

Haus. Die Alte freute sich. Sie war ja seit langem von den Jungen darüber unterrichtet worden, wer Hans Haugen war, und sie sah diese Verbindung sogleich als eine Versöhnung ihres Sohnes und ihrer Schwiegertochter mit dem Leben an. Die lebensfrohe Alte meinte außerdem, Hans sei so hübsch! Sie blieben alle bei ihr, und der Tag endete damit, daß der Vater nach einem Kirchenlied einen Abschnitt aus dem Gebetbuch vorlas, der anfing: »Der Herr hat unser Haus gesegnet.«

Aus ihrem ferneren Leben will ich nur noch zwei Tage herausgreifen und von jedem nur wenige Augenblicke schildern.

Der erste ist der Hochzeitstag der beiden. Inga, Mildrids Kusine, jetzt selbst eine verheiratete Frau, war gekommen, um die Braut zu schmücken. Dies geschah im Vorratshaus. Aus der alten Truhe, in der das Brautsilber der Familie verwahrt wurde, holte man Krone, Gürtel,

Schnalle, Broschen und Ringe hervor. Großmutter, die den Schlüssel hatte, öffnete selber, und Beret folgte ihr als Helferin. Mildrid hatte sich bereits in ihr Brautkleid und all den Staat gehüllt, der ihr selbst gehörte, als die Schätze, die Beret und die Großmutter in der vorangegangenen Woche geputzt hatten, ans Licht kamen, schimmernd und schwer. Stück für Stück wurde probiert. Beret hielt der Braut den Spiegel. Die Alte erzählte, wie viele Mädchen aus ihrer Familie dieses Silber an ihrem Ehrentag getragen hätten, am glücklichsten von allen sei aber ihre eigene Mutter, Aslaug Haugen, gewesen. Es dauerte nicht lange, da drangen die Töne des Hochzeitsreigens zu ihnen herein. Alle im Vorratshaus blieben horchend stehen und liefen dann zur Tür, um zu sehen, was los sei. Der erste, den sie erblickten, war Endrid, der Brautvater. Er hatte Hans Haugen und seine Geschwister von weitem zum Hof fahren sehen. Es geschah selten, daß Endrid einen nicht alltäglichen Einfall hatte — aber diesmal fiel ihm doch ein, daß er diese Gäste mit dem Familienreigen empfangen müßte. Er holte die Spielleute heraus und ließ sie anstimmen. Da stand er nun selber bei ihnen, und es waren noch ein paar andere hinzugekommen, als Hans und seine treuen Geschwister in zwei Wagen auf den Hof fuhren. Den Ankommenden sah man deutlich an, daß sie dieser Empfang tief beeindruckte.

Eine Stunde später wurde der Reigen natürlich abermals angestimmt. Das geschah, als Braut und Bräutigam und hinter ihnen die Eltern der Braut paarweise, mit den Spielleuten an der Spitze, aus dem Haus kamen, um die Wagen zu besteigen. Gewisse große Augenblicke unseres Lebens stehen unter allen günstigen Vorzeichen. So fuhr die Hochzeitsgesellschaft heute in strahlendem Frühlingswetter von Tingvold ab. Vor der Kirche hatte sich eine solche Menschenmenge eingefunden, daß niemand sich erinnern konnte, jemals etwas Ähnliches erlebt zu haben. Jedermann in dieser Gemeinde kannte die Geschichte der Familie und in welchem Zusammenhang zu ihr der Reigen stand, der sich nun im Sonnenschein jauchzend über Braut und Bräutigam aufschwang.

Und da die Gedanken aller auf dies eine gerichtet waren, wählte der Pastor für die Trauung auch einen Text, in dem er darlegen konnte,

daß die Kinder die Krone unseres Lebens sind, die erst Glanz erhält von unserer Ehre, unserer Entwicklung, unserer Arbeit.

Als das Brautpaar aus der Kirche trat, blieb Hans vor der Kirchentür stehen. Er sagte etwas. Die Braut hörte es in ihrem Glück nicht, aber sie ahnte es. Er wollte, daß sie Ole Haugens Grab einen Blick schenken und sehen sollte, in welcher Blumenpracht es heute dalag. Sie tat es, und sie gingen so dicht daran vorbei, daß sie fast sein Grabmal streiften. Dann kamen die Eltern.

Der andere Augenblick ihres Lebens, den ich schildern muß, ist ein Besuch Endrids und Randis als Großeltern. Hans hatte es durchgesetzt, daß er mit Mildrid nach Haugen zog, wenn er auch versprechen mußte, Tingvold zu übernehmen, wenn die Eltern einmal nicht mehr konnten oder wollten und die uralte Großmutter gestorben sei. Von diesem ganzen Besuch gibt es nur eine einzige Episode zu erzählen, die uns hier etwas angeht. Das ist, als Randi nach freundlichem Empfang und guter Bewirtung das kleine Kind ihrer Tochter auf den Schoß genommen hatte. Da begann sie, es zu wiegen und dabei zu singen. Und was sie sang, war der Brautreigen. Ihre Tochter schlug vor Verwunderung die Hände zusammen, beherrschte sich aber im gleichen Augenblick und schwieg. Hans bat Endrid, doch noch etwas zu trinken, der aber schlug es ab. Das war jedoch auf beiden Seiten nur ein Vorwand, um einen Blick miteinander wechseln zu können.

In der gleichen Ausstattung und zum gleichen Preis sind bisher erschienen:

Clemens Brentano
Geschichte vom braven Kasperl und dem schönen Annerl

Fjodor Dostojewski
Weiße Nächte

Gottfried Keller
Romeo und Julia auf dem Dorfe

Prosper Mérimée
Carmen

Robert Louis Stevenson
Der Flaschenteufel

Theodor Storm
Immensee

Leo Tolstoi
Die Kreutzersonate

Émile Zola
Das Fest in Coqueville